U0116272

一九四七年五月　上海

　　人世间许多事，想一想，觉得很有意思。有时一个人坐着，会扑哧笑出声来。

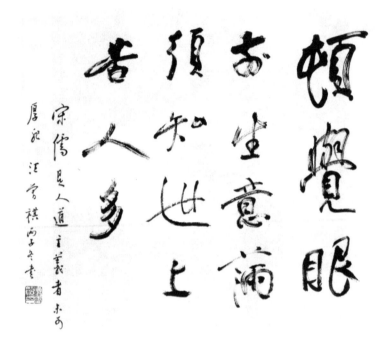

顿觉眼前生意满　须知世上苦人多

宋儒邵尧夫道主义者不可

厚成　汪曾祺丙子冬书

　　人生时间有限，但空间无限，最重要的是在有限中寻求无限。为自己活着，也为别人活着。

散文季羡摭图 方僕一九八二年二月

我满有夏天的感情。像一个果子渍透了蜜酒。

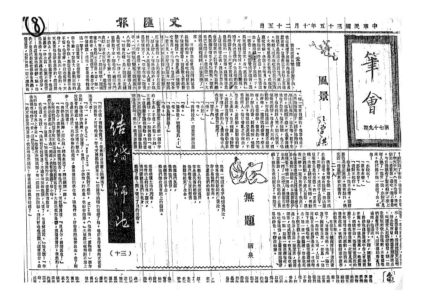

散文《风景》原载报纸

他平平静静，没有大喜大忧，没有烦恼，无欲望亦无追求，天然恬淡，每天只是吃抻条面、拨鱼儿，抱膝闲看，带着笑意，用孩子一样天真的眼睛。这是一个"活庄子"。

风和日暖，人在花中，不辨为人为花。

　　这几盆绣球真美，美得使人感动。我坐在花前，谛视良久，恋恋不忍即去。别之已十几年，犹未忘。

我熟悉大小店铺的老板、店伙、工匠。我熟悉这些属于市民阶层的各色人物的待人接物、言谈话语，他们身上的美德和俗气。

在北京虎坊桥新居自己的画作前

这些年来我的业余爱好，只有：写写字，画画画，做做菜。

人间独行

汪曾祺 著

读者出版社

图书在版编目（CIP）数据

人间独行 / 汪曾祺著. -- 兰州 ：读者出版社，2022.9

ISBN 978-7-5527-0694-9

Ⅰ. ①人… Ⅱ. ①汪… Ⅲ. ①散文集－中国－当代②短篇小说－中国－当代 Ⅳ. ①I217.2

中国版本图书馆CIP数据核字（2022）第078536号

人间独行

汪曾祺 著

总 策 划　禹成豪

责任编辑　房金蓉

装帧设计　公 园

出版发行　读者出版社
地　　址　兰州市城关区读者大道568号（730030）
邮　　箱　readerpress@163.com
电　　话　0931-2131529（编辑部）　0931-2131507（发行部）

印　　刷　山东新华印务有限公司
规　　格　开本 880 毫米 × 1230 毫米　1/32
　　　　　印张 7.5　插页 2　字数 166 千
版　　次　2022 年 9 月第 1 版
　　　　　2022 年 9 月第 1 次印刷
书　　号　ISBN 978-7-5527-0694-9
定　　价　49.80元

辑一

凡事喜悦

偶笑集

烧煳了洗脸水

《红楼梦》里一个丫头无端受到责备，心中不服，嘟嘟囔囔地说："我又怎么啦？我又没烧煳了洗脸水！""我又没烧煳了洗脸水"，此语甚俊。

职业习惯

瓦岗寨英雄尤俊达，是扛大斧给人劈柴出身。每临阵，见来将必先问："顺丝儿还是横丝儿的？"答云"顺丝儿的"，就很高兴；若说是"横丝儿的"，就搓着斧柄，连声叫苦："横丝儿的！哎呀，横丝儿的！"劈大块柴，顺丝的一斧就能劈通；横丝的，劈起来费劲。

济公的幽默

县官王老爷派两个轿夫抬着一乘小轿，接济公来给王老爷的娘子看病。济公不肯坐轿,说:"我自己走。我从来不坐轿子,从来不让别人抬着我。"轿夫说:"您不坐轿子,我们对老爷不好交代呀!"济公想了想,说:"这样吧,你们把轿底打掉了。你们在外面抬,我在里面走。"济公这个主意实在很幽默。两个轿夫,一前一后,抬着一乘空轿子,轿子下面,一双光脚,趿着破鞋,忽忽闪闪,整齐合拍,光景奇绝!

世界通用汉语

我们到内蒙古鄂尔多斯市去搜集材料,要写一个剧本。党委书记带队。我们开了吉普车到一个"浩特"去接一个曾在王府当过奴隶的牧民到东胜去座谈。这位奴隶已经等在路边。车一停,上来了。我们的书记,非常热情,迎了上去,握住奴隶的手,说:"你好!你的,会讲汉语?"我们这位书记以为这种汉语是所有的外国人和所有的少数民族都懂的。这位奴隶也很对得起我们的书记,很客气地答道:"小小的!"这位奴隶肯定以为我们的书记平常就是讲这样的话的。

以为这样的话是全世界的人都懂的,大有人在。名丑张××,到瑞士,刚进旅馆,想大便,找不到厕所,拉住服务员,比画了半天,服务员不懂,他就大声叫道:"我的,要大大的!"服务员眼睛瞪得大大的,还是不懂。

一九九二年二月二十四日

对口

——旧病杂忆之一

那年我还小，记不清是几岁了。我母亲故去后，父亲晚上带着我睡。我觉得脖子后面不舒服。父亲拿灯照照，肿了，有一个小红点。半夜又照照，有一个小桃子大了。天亮再照照，有一个莲子盅大了。父亲说："坏了，是对口！"

"对口"是长在第三节颈椎处的恶疮，因为正对着嘴，故名"对口"，又叫"砍头疮"。过去刑人，下刀处正在这个地方。——杀头不是乱砍的，用刀在第三颈节处使巧劲一推，脑袋就下来了，"身首异处"。"对口"很厉害，弄不好会把脖子烂通。——那成什么样子！

父亲拉着我去看张冶青。张冶青是我父亲的朋友，是西医外科医生，但是他平常极少为人治病，在家闲居。他叫我趴在茶几上，看了看，哆里哆嗦地找出一包手术刀，挑了一把，在酒精灯上烧了烧。这位张先生，连麻药都没有！我父亲在我嘴里塞了一颗蜜枣，我还没有一点儿准备，只听得"呼"的一声，张先生已经把我的对口豁开了。他怎么挤脓挤血，我都没看见，因为我趴着。他拿出一卷绷带，搓成条，蘸上药——好像主要就是凡士林，用一个镊子一截一截塞进我的刀口，好长一段！这是我看见的。我没有觉得疼，因为这个对口已经熟透了，只觉得往里塞绷带时怪痒痒。都塞进去了，发胀。

我的蜜枣已经吃完了，父亲又塞给我一颗，回家！

张先生嘱咐第二天去换药。把绷带条抽出来，再用新的蘸了药的绷带条塞进去。换了三四次。我注意塞进去的绷带条越来越短了。不几天，就收口了。

张先生对我父亲说："令郎真行，哼都不哼一声！"干吗要哼呢？我没觉得怎么疼。

以后，我这一辈子遇到生理上或心理上的病痛时，我都很少哼哼。难免要哼，但不是死去活来，弄得别人手足无措，惶惶不安。

我的后颈至今还落下了个疤瘌。

衔了一颗蜜枣，就接受手术，这样的人大概也不多。

疟疾

——旧病杂忆之二

我每年要发一次疟疾。从小学到高中,一年不落,而且有准季节。每年桃子一上市的时候,就快来了,等着吧。

有青年作家问爱伦堡:"头疼是什么感觉?"他想在小说里写一个人头疼。爱伦堡说:"这么说你从来没有头疼过,那你真是幸福!头疼的感觉是没法说的。"中国(尤其是北方)很多人是没有得过疟疾的。如果有一位青年作家叫我介绍一下疟疾的感觉,我也没有办法。起先是发冷,来了!大老爷升堂了!——我们那里把疟疾开始发作,叫作"大老爷升堂",不知是何道理。赶紧钻被窝。冷!盖了两床厚棉被还是冷,冷得牙齿嗝嗝地响。冷过了,发热,浑身发烫。而且,剧烈地头疼。有一首散曲咏疟疾:"冷时节似冰凌上坐,热时节似蒸笼里卧,疼时节疼得天灵破,天呀天,似这等寒来暑往人难过!"反正,这滋味不大好受。好了!出汗了!大汗淋漓,内衣湿透,遍体轻松,疟疾过去了,"大老爷退堂"。擦擦额头的汗,饿了!坐起来,粥已经煮好了,就一碟甜酱小黄瓜，喝粥，香啊！

杜牧诗云："忍过事则喜。"对于疟疾也只有忍之一法。挺挺，就过来了。也吃几剂汤药（加减小柴胡汤之类），不管事。发了三次之后，都还是吃"蓝印金鸡纳霜"（即奎宁片）解决问题。我父亲说我是阴虚，有一年让我吃了好些海参。每天吃海参，真不错！不过还是没有断根。一直到一九三九年，生了一场恶性疟疾，我身体内部的"古老又古老的疟原虫"才跟我彻底告别。

恶性疟疾是在越南得的。我从上海坐船经香港到河内，乘滇越铁路火车到昆明去考大学。到昆明寄住在同济中学的学生宿舍里，通过一个间接的旧日同学的关系。住了没有几天，病倒了。同济中学的那个学生把我弄到他们的校医室，验了血，校医说我血里有好几种病菌，包括伤寒病菌什么的，叫赶快送医院。

到医院，护士给我量了量体温，体温超过四十度。护士二话不说，先给我打了一针强心针。我问："要不要写遗书？"

护士嫣然一笑："怕你烧得太厉害，人受不住！"

抽血，化验。

医生看了化验结果，说有多种病菌潜伏，但是主要问题是恶性疟疾。开了注射药针。过了一会儿，护士拿了注射针剂来。我问："是什么针？"

"606。"

我赶紧声明，我生的不是梅毒，我从来没有……

"这是治疗恶性疟疾的特效药。奎宁、阿脱平，对你已经不起作用。"

606，疟原虫，伤寒菌，还有别的不知什么菌，在我的血管里混战一场。最后是606胜利了。病退了，但是人很"吃亏"。医生规定只能吃藕粉。藕粉这东西怎么能算是"饭"呢？我对医院里的藕粉印象极不佳，并从此在家里也不吃藕粉。后来可以喝蛋花汤。蛋花汤也不能算饭呀！

我要求出院，医生不准。我急了，说：我到昆明是来考大学的，明天就是考期，不让我出院，那怎么行！

医生同意了。

喝了一肚子蛋花汤，晕晕乎乎地进了考场。天可怜见，居然考取了！

自打生了一次恶性疟疾，我的疟疾就除了根，半个多世纪以来，没有复发过。也怪。

牙疼

——旧病杂忆之三

我从大学时期，牙就不好。一来是营养不良，饥一顿，饱一顿；二来是不讲口腔卫生。有时买不起牙膏，常用食盐、烟灰胡乱地刷牙。又抽烟，又喝酒。于是牙齿龋蛀，时常发炎——牙疼。牙疼不很好受，但不至于像契诃夫小说《马姓》里的老爷一样疼得吱哇乱叫。"牙疼不是病，疼起来要人命"，不见得。我对牙疼泰然置之，而且有点幸灾乐祸地想：我倒看你疼出一朵什么花来！我不会疼得"五心烦躁"，该咋着还咋着。照样活动。腮帮子肿得老高，还能谈笑风生，语惊四座。牙疼于我何有哉！

不过老疼，也不是个事。有一只槽牙，已经活动，每次牙疼，它是祸始。我于是决心拔掉它。昆明有一个修女，又是牙医，据说治牙很好，又收费甚低，我于是攒借了一点钱，想去找这位修女。她在一个小教堂的侧门之内"悬壶"。不想到了那里，侧门紧闭，门上贴了一个字条：修女因事离开昆明，休诊半个月。我当时这个高兴呀！王子猷雪夜访戴，乘兴而去，兴尽而归，何必见戴！我拿了这笔钱，到了小西门马家牛肉馆，要了一盘冷拼，四两酒，美美地吃了一顿。

昆明七年，我没有治过一次牙。

在上海教书的时候，我听从一个老同学母亲的劝告，到她熟识的私人开业的牙医处让他看看我的牙。这位牙科医生，听他的姓就知道是广东人，姓麦。他拔掉我的早已糟朽不堪的槽牙。他的"手艺"（我一直认为治牙镶牙是一门手艺）如何，我不知道，但是我对他很有好感，因为他的候诊室里有一本A.纪德的《地粮》。牙科医生而读纪德，此人不俗！

到了北京，参加剧团，我的牙越发地不行，有几颗跟我陆续辞行了。有人劝我去装一副假牙，否则尚可效力的牙齿会向空缺的地方发展。通过一位名琴师的介绍，我去找了一位牙医。此人是京剧票友，唱大花脸。他曾为马连良做过一枚内外纯金的金牙。他拔掉我的两颗一提溜就下来的病牙，给我做了一副假牙。说："你这样就可以吃饭了，可以说话了。"我还是应该感谢这位票友牙医，这副假牙让我能吃爆肚，虽然我觉得他颇有江湖气，不像上海的麦医生那样有书卷气。

有一次，我正要出剧团的大门，大门"哐"的一声被踢开，正摔在我的脸上。我当时觉得嘴里乱七八糟！吐出来一看，我的上下四颗门牙都被震下来了，假牙也断成了两截。踢门的是一个翻跟头的武戏演员，没有文化。就是他，有一天到剧团来大声嚷嚷："同志们！告诉你们一个好消息，往后吃油饼便宜了！"——"怎么啦？"——"大庆油田出油了！"这人一向是个冒失鬼。剧团的大门是可以里外两面开的玻璃门，玻璃上糊了一层报纸，他看不见里面有人出来。这小子不推门，一脚踹开了。他直道歉："对不起！对不起！"我说："没事儿！没事儿！你走吧！"对这么个人，我能说什么呢？他又不是有心。掉了四颗门牙，竟没有流一滴血，可见这四颗牙已经衰老到什么程度，掉了就掉了吧。假牙左边半截已经没有用处，右边的还能凑合一阵。我就把这半截假牙单摆浮搁地安在牙床上，既没有钩子，也没有套子，嗨，还真能嚼东西。当然也有不方便处：一、不能吃脆萝卜（我最爱吃萝卜）；二、不能吹笛子了（我的笛子原来是吹得不错的）。

这样对付了好几年。直到一九八五年我随中国作家代表团访问香港前，我才下决心另装一副假牙。有人跟我说："瞧你那嘴牙，七零八落，简直有伤国体！"

我找到一个小医院，建筑工人医院。医院的一个牙医师小宋是我的读者，可以不用挂号、排队，进门就看。小宋给我检查了一下，又请主任医师来看看。这位主任用镊子依次掰了一下我的牙，说："都得拔了。全部'二度动摇'。做一副满口。这么凑合，不行。做一副，过两天，又掉了，又得重做，多麻烦！"我说："行！不过再有一个月，我就要到香港去，拔牙、安牙，来得及吗？"——"来得及。"主任去准备麻药，小宋悄悄跟我说：

"我们主任，是在日本学的。她的劲儿特别大，出名的手狠。"我的硕果仅存的十一颗牙，一个星期，分三次，全部拔光。我于拔牙，可谓曾经沧海，不在乎。不过拔牙后还得修理牙床骨——因为牙掉的先后不同，早掉的牙床骨已经长了突起的骨质小骨朵，得削平了。这位主任真是大刀阔斧，不多一会儿，就把我的牙骨铲平了。小宋带我到隔壁找做牙的技师小马，当时就咬了牙印。

一般拔牙后要经一个月，等伤口长好才能装假牙。但有急需，也可以马上就做，这有个专用名词，叫作"即刻"。

"即刻"本是权宜之计，小马让我从香港回来再去做一副。我从香港回来，找了小马，小马把我的假牙看了看，问我："有什么不舒服吗？"——"没有。"——"那就不用再做了，你这副很好。"

我从拔牙到装上假牙，一共才用了两个星期，而且一次成功，少有。这副假牙我一直用到现在。

常见很多人安假牙老不合适，不断修理，一再重做，最后甚至就不再戴。我想，也许是因为假牙做得不好，但是也由于本人不能适应，稍不舒服，即觉得别扭。要能适应。假牙嘛，哪能一下就合适，开头总会格格不入的。慢慢地，等牙床和假牙已经严丝合缝，浑然一体，就好了。

凡事都是这样，要能适应、习惯、凑合。

一九九二年二月二十二日

古都残梦

——胡同

胡同是北京特有的。胡同的繁体字是"衚衕"。为什么叫作"胡同"？说法不一。多数学者以为是蒙古话，意思是水井。我在呼和浩特听一位同志说，胡同即蒙语的"忽洞"，指两边高中间低的狭长地形。呼市对面的武川县有地名乌兰忽洞。这是蒙古话，大概可以肯定。那么这是元大都以后才有的。元朝以前，汴梁、临安都没有。

《梦粱录》《东京梦华录》等书都没有胡同字样。有一位好作奇论的专家认为这是汉语，古书里就有近似的读音。他引经据典，做了考证。我觉得未免穿凿附会。

北京城是一个四方四正的城，街道都是正东正西，正南正北。北京只有几条斜街，如烟袋斜街、李铁拐斜街、杨梅竹斜街。北京人的方位感特强。你向北京人问路，他就会告诉你路南还是路北。过去拉洋车的，到拐弯处就喊叫一声"东去！""西去！"老两口睡觉，老太太嫌老头挤着她了，说："你往南边去一点！"

沟通这些正东正西正南正北的街道的，便是胡同。胡同把北京这块大豆腐切成了很多小豆腐块。北京人就在这些一小块一小块的豆腐里活着。北京有多少条胡同？"有名的胡同三千六，没名的胡同赛牛毛。"

胡同有大胡同，如东总布胡同；有很小的，如耳朵眼胡同。一般说的胡同指的是小胡同，"小胡同，小胡同"嘛！

胡同的得名各有来源。有的是某种行业集中的地方，如手帕胡同，当初大概是专卖手绢的地方；头发胡同大概是卖假发的地方。有的是皇家储存物料的地方，如惜薪司胡同（存宫中需要的柴炭），皮库胡同（存裘皮）。有的是这里住过一个什么名人，如无量大人胡同，这位大人也怪，怎么叫这么个名字；石老娘胡同，这里住过一个老娘——接生婆，想必这老娘很善于接生；大雅宝胡同据说本名大哑巴胡同，是因为这里曾住过一个哑巴。有的是肖形，如高义伯胡同，原来叫狗尾巴胡同；羊宜宾胡同原来叫羊尾巴胡同。有的胡同则不知何所取意，如大李纱帽胡同。有的胡同不叫胡同，却叫作一个很雅致的名称，如齐白石曾经住过的"百花深处"。其实这里并没有花，一进胡同是一个公共厕所！

胡同里的房屋有一些是曾经很讲究的，有些人家的大门上钉着门钹，门前有拴马桩、上马石，记述着往昔的繁华。但是随着岁月风雨的剥蚀，门钹已经不成对，拴马桩、上马石都已成为浑圆的，棱角线条都模糊了。现在大多数胡同已经成为"陋巷"。

胡同里是安静的。偶尔有磨剪子磨刀的"惊闺"（十来个铁片穿成一串，摇动作响）的声音，算命的盲人吹的短笛的声音，或卖硬面饽饽的苍老的吆唤——"硬面儿饽——阿饽"。"山静似太古，日长如小年"，时间在这里又似乎是不流动的。

胡同居民的心态是偏于保守的，他们经历了朝代更迭，"城头变幻大王旗"，谁掌权，他们都顺着，像《茶馆》里的王掌柜的所说："当了一辈子的顺民。"他们安分守己，服服帖帖。老北京人说："穷忍着，富耐着，睡不着眯着。""睡不着眯着"，真是北京人的非常精粹的人生哲学。永远不烦躁，不起急，什么事都"忍"着。胡同居民对物质生活的要求不高。蒸一屉窝头，熬一锅虾米皮白菜，来一碟臭豆腐，一块大腌萝卜，足矣。我认识一位老北京，他每天晚上都吃炸酱面，吃了几十年炸酱面。喔，胡同里的老北京人，你们就永远这样活下去吗？

谈幽默

《容斋随笔》载：关中无螃蟹。有人收得干蟹一只，有生疟疾的，就借去挂在门上，疟鬼（旧以为疟疾是疟鬼作祟）见了，不知是什么东西，就吓得退走了。《梦溪笔谈》云："不但人不识，鬼亦不识。"沈存中此语极幽默。

元宵节，司马温公的夫人要出去看灯，温公不同意，说自己家里有灯，何必到外面去看。夫人云："兼欲看人。"温公云："某是鬼耶？"司马温公胡搅蛮缠，很可爱。我一直以为司马先生是个很古怪的人，没想到他还挺会幽默。想来温公的家庭生活是挺有趣的。

齐白石曾为荣宝斋画笺纸，一朵淡蓝的牵牛花，几片叶子，题了两行字："梅畹华家牵牛花碗大，人谓外人种也，余画其最小者。"此老极风趣幽默。寻常画家，哪得有此。此是齐白石较寻常画家高处。

小时候看《济公传》：县官王老爷派两个轿夫抬着一乘轿子去接济公到衙门里来给太夫人看病。济公说他坐不来轿子，从来不坐轿子，他要自己走了去。轿夫说："你不坐，我们回去没法交代。"济公说："那这样，你们把轿底打掉，你们在外面抬，我在里面走。"轿夫只得依他。两个轿夫抬着空轿，轿子下面露着济公两只穿了破鞋的脚，合着轿夫的节奏啪嗒啪嗒地走着。实在叫人发噱。济公很幽默，编写《济公传》的民间艺人很幽默。

什么是幽默？

人世间有许多事，想一想，觉得很有意思。有时一个人坐着，想一想，觉得很有意思，会噗噗笑出声来。把这样的事记下来或说出来，便挺幽默。

《辞海》"幽默"条云：

> 英文 humour 的音译。通过影射、讽喻、双关等修辞手法，在善意的微笑中，揭露生活中乖讹和不通情理之处。

这话说得太死了。只有"在善意的微笑中"却是可以同意的。富于幽默感的人大都存有善意，常在微笑中。

张郎且莫笑郭郎

我从小就爱看漫画。家里订了老《申报》,《申报》有杂文版,杂文版每天都有一幅漫画,漫画的作者是杨清磬和丁悚。丁悚即丁聪的父亲,人称"老丁"。丁聪所以被称为"小丁",大概和他的父亲被称为"老丁"有关。杨清磬和丁悚好像是包了这块地盘,"轮流值班",一天不落。他们作画都很勤,而画风互异,一望而知。杨清磬用笔柔细飘逸,而丁悚则比较奔放老辣,于人事有较深的感慨。我曾经见过一张老丁的画,画面简练:一个人在扬袖而舞;另一人据案饮酒,神情似在对舞者嘲笑。画之右侧题诗一首:

> 张郎当筵笑郭郎,
> 笑他舞袖太郎当。
> 若教张郎当筵舞,
> 恐更郎当舞袖长。

不知道是谁的诗，是老丁自己的大作还是借用别人的？诗是通俗好懂的，但是很有意思，读起来也很好听，因此我看过就记住了，差不多过了七十年了，还记得。人的记忆也很怪。不过主要还是因为诗和画都好。

现在能画这样的画——笔意在国画和漫画之间，能题这样也深也浅，富于阅历的诗的画家似乎没有了。这样的画家要具备两个条件：一是得是画家，二是得是诗人。

我曾把老丁题画诗抄给小丁，他说他一点印象也没有，岂有此理！

小丁说他对老大人的画，一张也没有保留下来。我建议丁聪在其"家长"协助下，把丁悚的作品搜集搜集，出一本《丁悚画集》。这对丁悚是个纪念，同时也可供医学界研究小丁身上的遗传基因是怎样来的。

记梦

一

三只兔子住在兔圈里。它们说："咱们写小说吧。"

两只兔子把一只兔子托起来扔起来，像体操技巧表演"扔人"那样扔起来，这只兔子向兔圈外面看了一眼，在空中翻了一个跟头，落地了。

它们轮流扔。三个人都向兔圈外面看了。它们就写小说。

小说写成了，出版了。

二

在昆明，连日给人写字。

做了一个梦。写了一副对联，隶书的。一转脸，看见一个人，趴在地上，用毛笔把我写的字的乳白地方都填实了，把"蚕头""燕尾"都描得整整齐齐的，字变得很黑。

醒来告诉燕祥，燕祥说："此人是一个编辑。我们同行者之中，有几位是当编辑的。"

三

梦中到了一个地方。这地方叫佳集龘，有一张木刻的旧地图上有这三个字。地图纸色发黄。当地人念成"符集集"。梦里想："佳"字怎么能谈成"符"呢？且想：名从主人，随他们吧。

这地方有一条河，河上有一座灰色的桥。河水颇大。

醒来，想：怎么会做了这样一个梦呢？又想：这可以用在一篇小说里，作为一个古镇的地名。

把这个梦记在一张旧画上，寄予德熙。

四

马路对面卖西瓜的棚子里有一条狗，夜里常叫，叫起来没完，每一次时间很长，声音很难听，鬼哭狼嚎，不像狗叫。我夜里常被它叫醒。今天夜里，叫的次数特多，醒来后，很久睡不着。真难听。睡着了，净做怪梦。

梦见毕加索。毕加索画了很多画。起初画得很美，也好懂。后来画的，却像狗叫。

晨醒，想：恨不与此人同时，——同地。

踢毽子

我们小时候踢毽子，毽子都是自己做的。选两个小钱（制钱），大小厚薄相等，轻重合适，叠在一起，用布缝实，这便是毽子托。在毽托一面，缝一截鹅毛管，在鹅毛管中插入鸡毛，便是一只毽子。鹅毛管不易得，把鸡毛直接缝在毽托上，把鸡毛根部用线缠缚结实，使之向上直挺，较之插于鹅毛管中者踢起来尤为得劲。鸡毛须是公鸡毛，用母鸡毛做毽子的，必遭人笑话，只有刚学踢毽子的小毛孩子才这么干。鸡毛只能用大尾巴之前那一部分，以够三寸为合格。鸡毛要"活"的，即从活公鸡的身上拔下来的，这样的鸡毛，用手摩挲几下，往墙上一贴，可以粘住不掉。死鸡毛粘不住。后来我明白，大概活鸡毛经摩挲会产生静电。活鸡毛做的毽子毛茎柔软而有弹性，踢起来飘逸潇洒。死鸡毛做的毽子踢起来就发死发僵。鸡毛里讲究要"金绒帚子白绒哨子"，即从五彩大公鸡身上拔下来的，毛的末端乌黑闪金光，下面的绒毛雪白。次一等的是芦花鸡毛。赭石的、土黄的，就更差了。我们那里养公鸡的人家很多，入了冬，快腌风鸡了，这时正是公鸡肥壮，羽毛丰满的时候，孩子们早就"贼"上谁家的鸡了，有时是明着跟人家要，有时趁没人看见，摁住一只大公鸡，噌噌拔了两把毛就跑。大多数孩子的书包里都有一两只足以自豪的毽子。踢毽子是乐事，做毽子也是乐事。一只"金绒帚子白绒哨子"，放在桌上看看，也是挺美的。

我们那里毽子的踢法很复杂，花样很多。有小五套、中五套、大五套。小五套是"扬、拐、尖、托、笃"，是用右脚的不同部位踢的。中五套是"偷、跳、舞、环、踩"，也是用右脚踢，但以左脚做不同的姿势配合。大五套则是同时运用两脚踢，分"对、岔、绕、掼、捯"。小五套技术比较简单，运动量较小，一般是女生踢的。中五套较难，大五套则难度很大，运动量也很大。要准确地描述这些踢法是不可能的。这些踢法的名称也是外地人所无法理解的，连用通用的汉字写出来都困难，如"舞"读"吴"，"掼"读kuàn，"笃"和"捯"都读入声。这些名称当初不知是怎么确立的。我走过一些地方，都没有见到毽子有这样多的踢法。也许在我没有到过的地方，毽子还有更多的踢法。我希望能举办一次全国毽子表演，看看中国的毽子到底有多少种踢法。

踢毽子总是要比赛的。可以单个地赛。可以比赛单项，如"扬"踢多少下，到踢不住为止；对手照踢，以踢多少下定胜负。也可以成套比赛，从"扬、拐、尖、托、笃""偷、跳、舞、环、踩"踢到"对、岔、绕、掼、捯"。也可以分组赛。组员由主将临时挑选，踢时一对一，由弱至强，最弱的先踢，最后主将出马，累计总数定胜负。

踢毽子也有名将，有英雄。我有个堂弟曾在县立中学踢毽子比赛中得过冠军。此人从小爱玩，不好好读书，常因国文不及格被一个姓高的老师打手心，后来忽然发愤用功，现在是全国有名的心脏外科专家。他比我小一岁，也已经是抱了孙子的人了，现在大概不会再踢毽子了。我们县有一个姓谢的，能在井栏上转着圈子踢毽子。这可是非常危险的事，重心稍一不稳，就会扑通一声掉进井里！

毽子还有一种大集体的踢法，叫作"嗨（读第一声）卯"。一个人"喂卯"——把毽子扔给嗨卯的，另一个人接到，把毽子使劲向前踢去，叫作"嗨"。嗨得极高，极远。嗨卯只能"扬"——用右脚里侧踢，别种踢法踢不到这样高，这样远。下面有一大群人，见毽子飞来，就一齐纵起身来抢这只毽子。谁抢着了，就有资格等着接递原嗨卯的去嗨。毽子如被喂卯的抢到，则他就可上去充当嗨卯的，嗨卯的就下来喂卯。一场嗨卯，全班同学出动，喊叫喝彩，热闹非常。课间十分钟，一会儿就过去了。

踢毽子是冬天的游戏。刘侗《帝京景物略》云"杨柳死，踢毽子"，大概全国皆然。

踢毽子是孩子的事，偶尔见到近二十边上的人还踢，少。北京则有老人踢毽子。有一年，下大雪，大清早，我去逛天坛，在天坛门洞里见到几位老人踢毽子。他们之中最年轻的也有六十多岁了。他们轮流传递着踢，一个传给一个，那个接过来，踢一两下，传给另一个。"脚法"大都是"扬"，间或也来一下"跳"。我在旁边也看了五分钟，毽子始终没有落到地下。他们大概是"毽友"，经常，也许是每天在一起踢。老人都腿脚利落，身板挺直，面色红润，双眼有光。大雪天，这几位老人是一幅画，一首诗。

一九八八年六月六日

看画

上初中的时候，每天放学回家，一路上只要有可以看看的画，我都要走过去看看。

中市口街东有一个画画的，叫张长之，年纪不大，才二十多岁，是个小胖子。小胖子很聪明。他没有学过画，他画画是看会的。画册、画报、裱画店里挂着的画，他看了一会儿就能默记在心。背临出来，大致不差。他的画不中不西，用色很鲜明，所以有人愿意买。他什么都画。人物、花卉、翎毛、草虫都画。只是不画山水。他不只是临摹，有时也"创作"。有一次，他画了一个斗方，画一棵芭蕉，一只五彩大公鸡，挂在他的画室里（他的画室是敞开的）。

他擅长的画体叫作"断简残篇"。一条旧碑帖的拓片（多半是汉隶或魏碑），半张烧糊一角的宋版书的残页、一个裂了缝的扇面、一方端匋斋的印谱……七拼八凑，构成一个画面。画法近似"颖拓"，但是颖拓一般不画这种破破烂烂的东西。他画得很逼真，乍看像是剪贴在纸上的。这种画好像很"稚"，而且这种画只有他画，所以有人买。

这个家伙写信不贴邮票，信封上的邮票是他自己画的。

有一阵子，他每天骑了一匹大马在城里兜一圈，郭答郭答，神气得很。这马是一个营长的。城里只要驻兵，他很快就和军官混得很熟。

一九四七年，我在上海先施公司二楼卖字画的陈列室看到四条"断简残篇"，一看署名，正是"张长之"！这家伙混得能到上海来卖画，真不简单。

北门里街东有一个专门画像的画工，此人名叫管又萍。走进他的画室，左边墙上挂着一幅非常醒目的朱元璋八分脸的半身画，高四尺，装在镜框里。朱洪武紫棠色脸，额头、颧骨、下巴，都很突出。这种面相，叫作"五岳朝天"。双眼奕奕，威风内敛，很像一个开国之君。朱皇帝头戴纱帽，着圆领团花织金大红龙袍。这张画不但皮肤、皱纹、眼神画得很"真"，纱帽、织金团龙，都画得极其工致。这张画大概是画工平生得意之作，他在画的一角用掺揉篆隶笔意的草书写了自己的名字：管又萍。若干年后，我才体会到管又萍的署名后面所抱注的画工的辛酸。画像的画工是从来不署名的。

若干年后，我才认识到管又萍是一个优秀的肖像画家，并认识到中国的肖像画有一套自成体系的肖像画理论和技法。

我的二伯父和我的生母的像都是管又萍画的。二伯父端坐在椅子上，穿着却是明朝的服装，头戴方巾，身着湖蓝色的斜领道袍。这可能是尊重二伯父的遗志，他是反满的。我没有见过二伯父，但是据说是画得很像的。我母亲去世时我才三岁，记不得她的样子，但我相信也是画得很像的，因为画得像我的姐姐，家里人说我姐姐长得很像我母亲。画工画像并不参照照片，是死人断气后，在床前直接勾描的。

然后还得起一个初稿。初稿只画出颜面，画在熟宣纸上，上面蒙了一张单宣，剪出一个椭圆形的洞，像主的面形从椭圆形的洞里露出。要请亲人家属来审查，提意见，胖了，瘦了，颧骨太高，眉毛离得远了……管又萍按照这些意见，修改之后，再请亲属看过，如无意见，即可定稿。然后再画衣服。

画像是要讲价的，讲的不是工钱，而是用多少朱砂，多少石绿，贴多少金箔。

为了给我的二伯母画像，管又萍到我家里和我的父亲谈了几次，所以我知道这些手续。

管又萍的"生意"是很好的，因为他画人很像，全县第一。这是一个谦恭谨慎的人，说话小声，走路低头。

出北门，有一家卖画的。因为要下一个坡，而且这家的门总是关着，我没有进去看过。这家的特点是每年端午节前在门前柳树上拉两根绳子，挂出几十张钟馗。饮酒、醉眠、簪花、骑驴、仗剑叱鬼、从鸡笼里掏鸡、往胆瓶里插菖蒲、嫁妹、坐着山轿出巡……大概这家藏有不少钟馗的画稿，每年只要照描一遍。钟馗在中国人物画里是个很有人性、很有幽默感的可爱的形象。我觉得美术出版社可以把历代画家画的钟馗收集起来出一本《钟馗画谱》，这将是一本非常有趣的画册。这不仅有美术意义，对了解中国文化也是很有意义的。

新巷口有一家"画匠店"，这是画画的作坊。所生产的主要是"家神菩萨"。家神菩萨是几个本不相干的家族的混合集体。最上一层是南海观音和善财龙女。当中是关云长和关平、周仓。下面是财神。他们画画是流水作业，"开脸"的是一个人，画衣纹的是另一个人，最后加彩贴金的又是一个人。开脸的是老画匠，做下手活的是小徒弟。画匠店七八个人同时做活，却听不到声音，原来学画匠的大都是哑巴。这不是什么艺术作品，但是也还值得看看。他们画得很熟练，不会有败笔。有些画法也使我得到启发。比如，他们画衣纹是先用淡墨勾线，然后在必要的地方用较深的墨加几道，这样就有立体感，不是平面的，我在画匠店里常常能站着看一个小时。

这家画匠店还画"玻璃油画"。在玻璃的反面用油漆画福禄寿或老寿星。这种画是反过来画的，作画程序和正面画完全不同。比如画脸，是先画眉眼五官，后涂肉色；衣服先画图案，后涂底子。这种玻璃油画是作插屏用的。

我们县里有几家裱画店，我每一家都要走进去看看。但所裱的画很少好的。人家有古一点的好画都送到苏州去裱。本地裱工不行，只有一次在北市口的裱画店里看到一幅王匋民写的八尺长的对子，给我留下深刻的印象。我认为王匋民是我们县的第一画家。他的字也很有特点。我到现在还说不准他的字的来源，有章草，又有王铎、倪瓒。他用侧锋写那样大的草书对联，这种风格我还没有见过。

一九九三年六月一日

辑二

即兴生活

美国女生

——阿美利加明信片

"女生"是中国台湾的叫法。中国台湾的中青年把男的都叫作"男生"，女的都叫作"女生"，蒋勋（诗人）、李昂（小说家）都如此，虽然被称作"男生""女生"的，都已经不是学生了。这种称呼很有趣。不过我这里所说的"女生"，大都还是女生。

我在爱荷华居住的五月花公寓里住了不少爱荷华大学的学生，男生女生都有。我每天上午下午沿爱荷华河散步，总会碰到几个。男生不大搭理我，女生则都迎面带笑很亲切地说一声："嗨！"她们大概都认得我了，因为我是中国人，她们大概也知道我是个作家。我对她们可分辨不清，觉得都差不多。据说，爱荷华州出美女。她们都相当漂亮，皮肤白皙，明眸皓齿，——眼珠大都是灰蓝色，纯蓝的少，但和蛋青色的眼白一衬，显得很透亮。但是我觉得她们都差不多，个头差不多——没有很高的；身材差不多——没有很胖很瘦的；发式差不多，都梳得很随便；服饰也差不多，都是一身白色的针织运动衫裤，白旅游鞋。甚至走路的样子也差不多，比较快，但也不是很匆忙。没有浓妆艳抹，身着奇装异服的，因为她们是大学生。偶尔在星期六的晚上，看到她们穿了盛装，涂了较重的口红，三三五五地上电梯，大概是在哪里参加party回来了。这样的时候很少。美国女生的穿着大概以舒服为主，美观是其次。

在爱荷华市区见到有女生光着脚在大街上走。美国女孩子的脚很好看，但是她们不是为了显露她们的脚形，大概只是图舒服。街上的男人也不注视她们的秀足，不觉得有什么刺激。

街上看到"朋克"，一男一女，都很年轻。像画报上所见的那样，把头发剃光了，只留当中一长绺，染成淡紫色。但我并不觉得他们怪诞，他们的眼睛里也没有什么愤世嫉俗，对现实不满，疯狂颓废。完全没有。他们的眼睛是明净的、文雅的。他们大概只是觉得这样好玩。

我散步后坐在爱荷华河边的长椅上抽烟，休息，遐想，构思。离我不远的长椅上有一个男生一个女生抱着亲吻。他们吻得很长，我都抽了三根烟了，他们还没有完。但是吻得并不热烈，抱得不是很紧，而且女生一边长长地吻着，一边垂着两只脚，前后摇摆。这叫什么接吻？这样的吻简直像是做游戏。这样完全没有色情、放荡意味的接吻，我还从未见过。

参观阿玛纳村，这是个古老的移民村，前些年还保留着旧的生活习惯：不用汽车，用马车。现在改变了，办了很现代化的工厂。在悬着一副木轭为记的餐馆里吃饭。招呼我们的是一个女生，戴一副细黑框的眼镜，穿着黑色的薄呢衫裙，黑浅口半高跟鞋，白色长丝袜。她这副装束显得有点古风，特别是她那双白袜子。她姓莎士比亚，名南希，我对她说："你很了不起，是莎士比亚的后裔，与总统夫人同名。"她大笑。她说她一辈子不想结婚。为什么和一个初次见面的外国人（在她看起来，我们当然是外国人）谈起这样的话呢？她还很年轻，说这个话未免早了一点。她不会有过什么悲痛的遭遇，她的声音里没有一点苦涩。可能她觉得一个人活着洒脱，自在。说不定她真会打一辈子单身。

在耶鲁大学演讲，给我当翻译的是一个博士生，很年轻，穿一身玫瑰红，身材较一般美国女生瘦小，真是娇小玲珑。我在演讲里提到朱庆余的《近试上张水部》和崔颢的《长干行》，她很顺溜地就翻译出来了。我很惊奇。她得意地说："我最近刚刚读过这两首诗！"她是在中国台湾学的中文。我看看她的眼睛：非常聪明。

在华盛顿，在白宫对面马路的人行道上，看见一个女生用一根带子拉着一只猫，她想叫猫像狗一样陪着她散步。猫不干，怎么拉，猫还是乱蹦。我们看着她，笑了。她看看我们，也笑了。她知道我们笑什么：这是猫，不是狗！

美国的女生大都很健康，很单纯，很天真，无忧无虑，没有烦恼，也没有困惑。愿上帝保佑美国女生。

一九九一年一月五日

傻子

——人寰速写之二

这一带有好几个傻子。

一个是我们楼的傻八子。傻八子的妈生过八个孩子，他最小。傻八子两只小圆眼睛，鼻梁很低，几乎没有。他一天在人行道上走来走去，走得很慢，一步，一步，因为他很胖，肚子很大，走不快。他不停地自言自语。他妈说他爱"嘚啵"。我问他妈："嘚啵什么？"——"电视、电视上听来的！"我注意听过，不知道说些什么，经常说的是："你给我站住！……"似乎他的"嘚啵"是有个对象的。"嘚啵"几句，又呵呵地笑一阵。他还爱唱，没腔没调，没有字眼，声音像一张留声机的坏唱盘："咦……啊……嘞……"他有时倒吸气发出母猪一样的声音，这一带的孩子把这种声音叫作"打猪吭"。他不是什么都不明白，一边"嘚啵"着，见了熟人，也打招呼："回来啦！""报纸来啦！"熟人走过，接着"嘚啵"。

他大哥要把他送到福利院去，——福利院是收容傻子的地方，他妈舍不得。

亚运会期间，街道办事处把他捆起来，送进福利院关了几天。亚运会结束，又放了回来。傻八子为此愤愤不平："捆我！"

我问过傻八子："你怎么不结婚？"傻八子用手指指他的太阳穴："这儿，坏啦！"

附近有一个女傻子，喜欢上了傻八子，要嫁给他。傻八子妈不同意，说："俩傻子，怎么弄！"

我们楼有个女的，是开发廊的，爱打扮，细长眼，涂眼影，画嘴唇，穿的衣服很"港"。有一天这女的要到传达室打电话，下台阶时，从傻八子旁边擦身而过，傻八子跟她不知呜噜呜噜说了句什么。我问女的："他跟你说什么？"——"他说我没穿袜子。"我这才注意到女的趿了一双很精致的拖鞋。傻八子会注意好看的女人，注意到她的脚，他并不彻底傻。

另一个傻子家在蒲黄榆拐角的胡同里，小个子，精瘦精瘦的，老是抱着肩膀匆匆忙忙地在这一带不停地走，嘴里也"嘚啵"，但是声音小，不像傻八子大声"嘚啵"。匆匆忙忙地走着，"嘚啵"着，一边吃吃地笑。

蒲安里有个小傻子，也就是十五六岁，长得挺好玩，又白又胖。夏天，光着上身，一身白肉；圆滚滚的肚子上挂着一条极肥大的白裤衩，在粮店和副食店之间的空地上，甩着胳臂齐步走。见人就笑脸相迎，大声招呼："你好！"——"你好！"

有一个傻子有四十岁了，穿得很整齐干净，他不"嘚啵"，只是一脸的忧郁，在胡同口抱着胳臂，低头注视着地面，一动不动。

北京从前好像没有那么多傻子，现在为什么这样多？

六月十日

老董

　　为了写国子监，我到国子监去逛了一趟，不得要领。从首都图书馆抱了几十本书回来，看了几天，看得眼花气闷，而所得不多。后来，我去找了一个"老"朋友聊了两个晚上，倒像是明白了不少事情。我这朋友世代在国子监当差，"侍候"过翁同龢、陆润庠、王垿等祭酒，给新科状元打过"状元及第"的旗，国子监生人，今年七十三岁，姓董。

　　　　　　　　　　　　　　　　　　　　——《国子监》

　　我写《国子监》大概是一九五四年。老董如果活着，已经一百零一岁了。我认识老董是在午门历史博物馆，时间大概是一九四八年春末夏初。

　　老历史博物馆人事简单，馆长以下有两位大学毕业生，一位是学考古的，一位是学博物馆专业的；一位马先生管仓库，一位张先生是会计，一个小赵管采购，以上是职员。有八九个工人。工人大部分是陈列室的看守，看着正殿上的宝座、袁世凯祭孔时官员穿的道袍不像道袍的古怪服装、没有多大价值的文物。有一个工人是个聋子，专管扫地，扫五凤楼前的大石块甬道，聋子爱说话，但是他的话我听不懂，只知道他原来是银行职员，不知道怎样沦为工人了。再有就是老董和他的儿子德启。老董只管掸掸办公室的尘土，拔拔广坪石缝中的草。德启管送信。他每天把一堆信排好次序，"绺一绺道"，跨上自行车出天安门。

老董曾经"阔"过。

据朋友老董说，纳监的监生除了要向吏部交一笔钱，领取一张"护照"外，还需向国子监交钱领"监照"——就是大学毕业证书。照例一张监照，交钱一两七钱。国子监旧例，积银二百八十两，算一个"字"，按"千字文"数，有一个字算一个字，平均每年收入五百字上下。我算了算，每年国子监收入的监照银约有十四万两。……这十四万两银子照国家规定是不上缴的，由国子监官吏皂役按份摊分，……据老董说，连他一个"字"也分五钱八分，一年也从这一项上收入二百八九十两银子！

老董说，国子监还有许多定例。比如，像他，是典籍厅的刷印匠，管给学生"做卷"——印制作文用的红格本子，这事包给了他，每月例领十三两银子。他父亲在时还会这宗手艺，到他时则根本没有学过，只是到大栅栏口买一刀毛边纸，拿到琉璃厂找铺子去印，成本共花三两，剩下十两，是他的。所以，老董说，那年头，手里的钱花不清——烩鸭条才一吊四百钱一卖！

——《国子监》

据老董说，他儿子德启娶亲，搭棚办事，摆了三十桌，——当然这样的酒席只是"肉上找"，没有海参鱼翅，而且是要收份子的，但总也得花不少钱。

他什么时候到历史博物馆来，怎么来的，我没有问过他。到我认识他时，他已经不是"手里的钱花不清"了，吃穿都很紧了。

历史博物馆的职工中午大都是回家吃。有的带一顿饭来。带来的大都是棒子面窝头、贴饼子。只有小赵每天都带白面烙饼，用一块屉布包着，显得很"特殊化"。小赵原来打小鼓的出身，家里有点儿积蓄。

老董在馆里住，饭都是自己做。他的饭很简单，凑凑合合，小米饭。上顿没吃完，放一点儿水再煮煮，拨一点面疙瘩，他说这叫"鱼儿钻沙"。有时也煮一点大米饭。剩饭和面和在一起，擀一擀，烙成饼。

这种米饭面饼，我还没见别人做过。菜，一块熟疙瘩，或是一团干虾酱，咬一口熟疙瘩、干虾酱，吃几口饭。有时也做点熟菜，熬白菜。他说北京好，北京的熬白菜也比别处好吃——五味神在北京。"五味神"是什么神？我至今没有考查出来。

他对这样凑凑合合的一日三餐似乎很"安然"，有时还颇能自我调侃，但是内心深处是个愤世者。生活水平的下降，他是不会满意的。他的不满，常常会发泄在儿子身上。有时为了一两句话，他会忽然暴怒起来，跳到廊子上，跪下来对天叩头："老天爷，你看见了？老天爷，你睁睁眼！"

每逢老董发作的时候，德启都是一声不言语，靠在椅子里，脸色铁青。

别的人，也都不言语。因为知道老董的感情很复杂，无从劝解。

老董没有嗜好。年轻时喝黄酒，但自我认识他起，他滴酒不沾。他也不抽烟。我写了《国子监》，得了一点稿费，因为有些材料是他提供的，我买了一个玛瑙鼻烟壶，烟壶的顶盖是珊瑚的，送给他。他很喜欢。我还送了他一小瓶鼻烟，但是没见他闻过。

一九六〇年（那正是三年自然灾害的后期）我到东堂子胡同历史博物馆宿舍去看我的老师沈从文，一进门，听到一个人在传达室骂大街，一听，是老董！

没有人劝，骂让他骂去吧！一个八十多岁的老人了，谁也不能把他怎么样。

老董经过的时代太多了。老董如果把他的经历写出来，将是一本非常精彩的回忆录（老董记性极好，哪年哪月，白面多少钱一袋，他都记得一清二楚），这可能是一份珍贵史料——尽管是野史。可惜他没写，也没有人让他口述记录下来。

一九九三年三月二十日

玉烟杂记

带狗的女工

小张来看我。六年前第一次红塔笔会她照顾过我。我很喜欢她。小张还是那样，好像长高了。神情也更成熟了。六年前她还是个小姑娘，现在则有点像一个少妇了。还是那么漂亮，两只大眼睛，黑白分明，亮晶晶的，常如含笑，在成熟中依然保留着天真。

小张一个人，却有三处房子。她买了一套商品房，在厂里的职工宿舍区又买了一套，现在还住在原来的家里。她花了十二万买了一辆（照玉溪人的说法是"一张"）夏利小汽车。她自己会开车。我对小张说："你现在成了小大款了！"小张只是笑。

我们参观了新建的工人住宅区，普医生（厂里的医生，随作家团活动）邀我们去看看她尚未迁入的新居。房屋建筑质量很好，宽敞明亮，煮饭休息都很方便，地面墙壁，色调高雅。内装修都是普医生自己选择的。普医生是彝族人，但受了中西文化的熏陶，趣味不俗。

从普医生家出来，由右边小区蹿出了三条狗，都是京巴。头一条最小，是条纯黑的狗，毛色发亮，黑得像是精煤。另两条都是黄白相间的，都胖嘟嘟的。三条狗快快活活地奔跑着，不时停步回头，看看它们的女主人是不是来了，认准了女主人就在不远的后面，便又踏踏踏踏地小步飞跑起来。

我问厂里一个男工："工人养狗的多吗？"——"多！下班之后，都出来遛狗！"

养狗，一要有钱，狗要吃猪肝，要吃牛肉。二要有闲工夫，要抱它，要跟它玩，让它舔，亲。

工人养狗，这说明什么？这说明烟厂兴旺，工人富裕了。我没有数字观念，对玉烟的产值、利税，工人的工资福利，全都记不住。但我有形象观念，我觉得工人遛狗，很能"说明问题"。

我忽然想起契诃夫的小说《带狗的女人》。当然，中国的女工和俄罗斯的淑女完全不同，但是我觉得中国的女工会逐渐形成像契诃夫笔下的少妇的那份优雅。

两点建议

一、建一座烟草博物馆。茶、酒都是一种文化，烟也应该算是文化。茶有博物馆，杭州西湖的茶博物馆规模相当大，有研究茶的历史、种植和品茶的专家。酒有没有博物馆，未详，想当有。

烟也应该有博物馆。有文献，有实物。中国的吸烟大概从明朝开始，关于水烟旱烟的文字资料不多，但在笔记、通俗演义小说中可以搜罗到一些。关于鼻烟，清代就有一些专著，如赵之谦的鼻烟谱，是不难找到的。实物有烟叶、烟具。重要的卷烟、旱烟、四川的金堂叶子、鄂温克人的香蒿熏烟、兰州的皮丝烟……都可陈列。烟具有多种。旱烟袋、水烟袋、云南的烟筒……现在虽然少了，但搜集起来不难。有关外国的资料也可以陈列一些，如哈瓦那的雪茄、土耳其人吸用的长管烟壶、黑人的嚼烟……

设立烟草博物馆可以培养职工对于烟的知识和感情，更重要的是可以增加一点玉溪烟厂的文化色彩。有远客来，可以作为玉烟的一个景点。这花不了多少钱，这点开销在玉烟实在算不了什么。

二、办一所烟草科技学校。可聘请烟草研究专家讲授有关的理论、知识，请有经验的老工人传授制烟工艺。这样可以充实本厂技工后备力量，还可以向其他烟厂输出人才。厂里已建了一所规模宏大的科技楼，师资、校舍都容易解决。企业办校，也是振兴教育的一条途径。玉烟厂领导以为如何？

诗谶

今年夏天曾为褚时健同志画过一张画，画相当大，是一张四尺宣纸横幅，画的是紫藤，酣畅饱满。一边留有余地，题了一首诗：

璎珞随风一院香，

紫云到地日偏长。

倘能许我闲闲坐，

不作天南烟草王。

原意是觉得褚的工作生活过于紧张，画博一笑，希望他活得轻松一点。一时戏言，不料竟成谶语。

很想和褚时健同志见一面，哪怕只是招招手，笑一笑。然而竟无此缘。参观了高大敞亮的、世界一流的关索坝车间、卷烟的各道工序、崭新的工人住宅区、一尘不染的科技大楼，觉得处处有他的影子，回荡着他的豪迈的声音。在电视纪录片中，听到他说："企业办好了，我就高兴！"这是一句多么朴素，然而是多么深感情的话呀！

回红塔大酒店，撕下一张记录电话的纸，疾书了四句诗：

大刀阔斧十余年，

一柱南天岂等闲！

自古英雄多自用，

故人何处讯平安？

一九九七年一月十六日　北京

月亮

她叫林靓月。

"靓"字广东人读音近"亮",温州则读如"见"。说不清她是导游还是泽雅宾馆的服务员,"泽雅"的领导把我交给她,让她照顾。她照顾得很周到。这一带山路她非常熟悉,遇有一点高低不平,她就伸手揽着我,很体贴。她叫靓月,我叫她月亮。

她告诉我,她读过初中,没有再升学,因为她下面还有两个弟弟,父亲要培养两个弟弟,就让她停了学。她哭了三天,后来就打起精神生活。她家在对面山上,她指给我看,在一片竹林里。她父亲开了一个小饭馆,她有空还要回去帮父亲张罗张罗,一天往来两山之间好几次,连蹿带跳,像一头小鹿。

我在宾馆里给人写字,我给她写了一张小条幅:"家居绿竹丛中,人在明月光里。"她让我给她父亲的饭馆写一个招牌,写四个字,"春来酒家"。她知道我写过《沙家浜》。写得了,她非常高兴,立刻就卷起来给她父亲看去了。

月亮长得很好看,在温州姑娘中也可说是出类拔萃的。身材高高的，苗条而矫健。两条长长的腿。眉毛弯弯的，眼睛清澈，显得很聪明。虽然整天吹着山风，皮色还极细嫩。

温州的女孩子多是这样。皮色白净，矫健苗条。温州姑娘有一个特点：走路比较快。从她们的状态中，让人感到她们都有明确的生活目标，她们要尽快赶到这个目标。一个地方的少女的脚步，最能显出这地方的生活节奏。她们忙忙地度过一天，到了晚上才松弛下来，坐在大排档的小案上，悠闲地品尝着生猛海鲜。也许一边吃着海鲜，一边还盘算着明天干什么。这就是温州姑娘——温州人。

一九九五年

才子赵树理

赵树理是个高个子。长脸。眉眼也细长。看人看事，常常微笑。

他是个农村才子。有时赶集，他一个人能唱一台戏。口念锣鼓，拉过门，走身段，夹白带做还误不了唱。他是长治人，唱的当然是上党梆子。他在单位晚会上曾表演过。下班后他常一个人坐在传达室里，用两个指头当鼓筒，敲打锣鼓，如醉如痴，非常"投入"。严文井说赵树理五音不全。其实赵树理的音准是好的，恐怕倒是严文井有点五音不全，听不准。不过他的高亢的上党腔实在有点吃他不消。他爱"起霸"，也是揸手舞脚，看过北京的武生起霸，再看赵树理的，觉得有点像螳螂。

他能弹三弦，不常弹。他会刻图章，我没有见过。他的字写得很好，是我见过的作家字里最好的，他的小说《金字》写的大概是他自己的真事。字是欧字底子，结体稍长，字如其人。他的稿子非常干净，极少涂改。他写稿大概不起草。我曾见过他的底稿，只是一些人物名姓，东一个西一个，姓名之间牵出一些细线，这便是原稿了，考虑成熟，一气呵成。赵树理衣着不讲究，但对写稿有洁癖。他痛恨人把他文章中的"你"字改成"妳"字（有一个时期有些人爱写"妳"字，这是一种时髦），说："当面说话，第二人称，为什么要分性别？——'妳'也不读'你'！"他在一篇稿子的页边批了一行字："排版校对同志请注意，文内所有'你'字，一律不准改为'妳'，否则要负法律责任。"这篇稿子是经我手发的，故记得很清楚。

赵树理是《说说唱唱》副主编，实际上是执行主编。他是负责发稿的。有时没有好稿，稿发不出，他就从编辑部抱了一堆稿子回屋里去看，不好，就丢在一边，弄得一地都是废稿。有时忽然发现一篇好稿，就欣喜若狂。他说这种编辑方法是"绝处逢生"。陈登科的《活人塘》就是这样发现的。这篇作品能够发表也真有些偶然，因为稿子有许多空缺的字和陈登科自造的字，有一个"马"字，大家都猜不出，后来是康濯猜出来了，是"趴"，"馬"（马的繁体字）没有四条腿，可不是趴下了？写信去问陈登科，果然！

有时实在没有好稿，康濯就说："老赵，你自己来一篇吧！"赵树理关上门，写出了一篇名著《登记》（即《罗汉钱》）。

赵树理吃食很随便，随便看到路边的一个小饭摊，坐下来就吃。后来是胡乔木同志跟他说："你这么乱吃，不安全，也不卫生。"他才有点选择。他爱喝酒。每天晚上要到霞公府间壁一条胡同的馄饨摊上，来二三两酒，一碟猪头肉，吃两个芝麻烧饼，喝一碗馄饨。他和老舍感情很好。每年老舍要在家里请市文联的干部两次客，一次是菊花开的时候，赏菊；一次是腊月二十三，老舍的生日。赵树理必到，喝酒，划拳。老赵划拳与众不同，两只手出拳，左右开弓，一会儿用左手，一会儿用右手。老舍摸不清老赵的拳路，常常败北。

赵树理很有幽默感。赵树理的幽默和老舍的幽默不同。老舍的幽默是市民式的幽默，赵树理的幽默是农民式的幽默。他常常想到一点什么事，独自咕咕地笑起来，谁也不知道他笑的什么。他爱给他的小说里的人起外号：翻得高、糊涂涂（均见《三里湾》）……他写的散文中有一个国民党小军官爱训话，训话中爱用"所以"，而把"所以"连读成为"水"，于是农民听起来很奇怪：他干吗老说"水"呀？他写的"催租吏"为了"显派"，戴了一副红玻璃的眼镜，眼镜度数不对，他就这样深一脚浅一脚地在农村的土路上走。

他抨击时事，也往往以幽默的语言出之。有一个时期，很多作品对农村情况多粉饰夸张，他回乡住了一阵，回来作报告，说农村情况不像许多作品那样好，农民还很苦，城乡差别还很大，说："我这块表，在农村可以买五头毛驴，这是块'五驴表'！"他因此受到批评。

赵树理的小说有其独特的抒情诗意。他善于写农村的爱情，农村的女性，她们都很美，小飞蛾（《登记》）是这样，小芹（《小二黑结婚》）也是这样，甚至三仙姑（《小二黑结婚》）也是这样。这些，当然有赵树理自己的感情生活的忆念，是赵树理的初恋感情的折射。但是赵树理对爱情的态度是纯真的、圣洁的。

歌声

醒来，隔壁巷子里有孩子唱歌。

现在大概九点钟光景，家中漆黑。每天吃了晚饭我睡两个钟头，一醒来总是立刻就为整个世界所围绕。在我睡着时一切都还在进行着。这几个孩子唱了多久的歌了？从她们的歌声里有一点天晚了的感觉，可是多不够安定的晚上啊，多不够安定的歌。

唱歌的是两个女孩子，一个声音高，唱得很有力；一个比较不那么热切，不想争胜，气不大促。两个声音都很扁，仿佛唱的时候嘴都咧得很开。我想一定还有个更小的男孩子，坐在门槛上，虽然他一声不响，可是你听得出歌声里有他。大概是两个女孩子之中一个（大概是那个声音高窄的）的弟弟。这两个孩子必在同一小学读书，同出同归，唱歌的节拍表情也分明是同一个老师所教，错的地方一样错。那个老师（当然是个女的）对于教音乐，教这般孩子，毫无兴趣。至少这两个她没有兴趣。孩子的爸爸妈妈（尤其是妈妈）更对她们唱歌没有兴趣，冷淡，而且厌烦。这两个孩子也唱得真不好！

她们一定穿了不合身的衣服，发红的安安蓝布，褪色的花洋纱的裙褂，补过的脏袜子，令人自卑的平凡的布鞋。两个孩子一个都不好看，瘦长的脖子，黄头发，头上汗味很重。有一个扎一个粉红蝴蝶结，但是皱得厉害！那个弟弟，一个大脑袋，傻傻地坐在那儿，不时用手搔头。他头上有个小脓疙瘩，身上黏黏的。他也为姐姐们的歌声所激恼了，虽然有时还漠然地听着，当他忘记一点自己身上的不快时。他没有非哭不可的时候，但说是一点都不要哭分明不对。

两个孩子学着她们的先生装模作样地咬字，可是，不知道唱的是什么，只有娃娃宝宝几个字还听得出，因为老是重复唱到。

现在她们会的歌都唱完了，停了一停，又把已经唱过的一个重新唱起来。这样反复地唱，要唱到什么时候？——这样的唱歌能使她们得到快乐吗？她们为什么要唱歌？

我起来。天真闷，气都不大透得过来。什么地方一股抹布气味，要下雨了吧?

街上的孩子

街上看见小儿祈雨，二十多个孩子，大的十来岁，最小的才四五岁，抬着两顶柏枝扎成的亭子轿子之类东西，里面烧香，香烟从密密的柏叶之间袅袅透出，气味极浓。前面几个敲糖锣小鼓，多半徒手。敲小鼓的两个，他们很想敲出一个调子，可是老有参差。看他们眼睛，他们为此苦恼。一心努力于维持凑合那个节奏，似已忘却一切。到别人同声高唱那支求雨的歌谣时，便赶紧煞住鼓声和着一起唱。当大人一说"求雨去"，这声音熏沐他们，让他们结晶。这使他们快乐，一种难得的不凡的经验，一种享受。而从享受、从忘记一切的沉酣状态正可以引出热忱。他们念"小小儿童哭哀哀，撒下秧苗不得栽"，是倾全部感情而叫出来的，他们全身肌肉都颤动。这些孩子脸上都有一种怪样的严肃，一种悲剧的严肃，好像正做着一件了不起的事。这些香烟、柏枝、哑哑的锣鼓，这支简单的歌，这穿在纷乱喧闹中的一股为一种"神圣"所聚的力，像大海中一股暗流，这在他们身上产生一种近似疯狂的情绪。

二

自从一个学生物的朋友告诉我，蝗虫有五只眼睛，两只复眼，（复眼，想想我第一次知道这个东西的时候！）。三只单眼，我就一直很想告诉一个孩子。

我们在大街上，在武成路，晚上八点钟，正是最热闹的时候，我们一路走过来，一路东张西望。我们发现许多很有趣的事情。我们同时驻足了：两个孩子，在八点多钟的武成路，在汽车，无线电，电灯，在黄色显得是纯白、红色发了一点紫的武成路边上，两个孩子蹲着。他们蹲在那里，正像蹲在一棵大树的阴影底下，在一边潺潺的溪水旁边一样。他们干什么？嘿，他们在找石缝里的土狗子哩！

三

我们在小西门外一个小酒馆的檐外看见一个卖种子的。他有不少种子，扁豆，油菜，葫芦，丝瓜，苞谷，甜椒，茄子，还有那种开美丽蓝色单瓣小花，结了籽儿乡下人放在粑粑里吃的东西，许多不知名、不认识的东西，每一样都极其干净漂亮，有乡下人来买，用手点点这个抓抓那个，卖的人就跟着看看这，看看那，彼此细细地谈着。这些种子把他们沟通起来。他们正在合作，共同完成一个爱情，爱那些种子。他们依照他们的习惯，都蹲着，都抽金堂叶子烟。你正说，总觉得卖种子的比一般乡下人要"高"，一种令人感动的职业，而我们一回头，我们看见另外一件事。

一个十四五岁的孩子，坐在他家米铺子门前堆积的米包上，他面前四五尺人行道上有一张对折的关金券。从那孩子脸上蹊跷的表情，你发现那张票子拴了一根黑线，线牵在那孩子藏在背后的手里。我们看了半天，并未有人去捡，有几个人经过，都没看见。那孩子始终挂一脸古怪表情，他等待胜利，一个狂喜就要炸出来，不大禁压得住，他用力闭他的嘴，嘴角刻纹，他颔下肌肉都紧张了。他的自满（自满于杰作的发明？）比谲秘多。这孩子！无疑有一种魔鬼的聪明。我简直不知对他怎么好。我想刷他一个耳光吗？没有，我没有。真是，见你的鬼，我走了！

六月十八日　昆明

继母

林则徐的女儿嫁沈葆桢，病笃，自知不治，写了一副对联留给沈葆桢和她的女儿：

我别良人去矣。大丈夫何患无妻。

若他年重结丝罗，莫对生妻谈死妇。

汝从严父戒哉，小妮子终当有母。

倘异日得蒙扶养，须知继母即亲娘。

（引自1993年11期《女声》杂志）

这实际上是一篇遗嘱。病危之时，不以自己的生死萦怀，没有多少生离死别的悲悲切切，而是拳拳以丈夫和继室、女儿和后母处好关系为念，真是难得。老是继室面前谈前妻，总是会使继室在感情上不舒服的。前娘的女儿对后娘总不会那么亲，久之，便会产生隔阂。使她放心不下的，唯此二事，所以言之谆谆。话说得既通达，又充满人情。这真是大家风范，不愧是林则徐的女儿。

由此我想起一个与后娘有关的评剧小戏,《鞭打芦花》,是写闵子骞的。闵子骞的母亲死了,他父亲又续娶了一房。后房生了两个儿子。一天,下大雪,闵子骞的父亲命三个儿子驾车外出,闵子骞的父亲看见大儿子抱肩耸背,不使劲,很生气,抽了他一鞭。一鞭下去,闵子骞的上袄裂开了,闵子骞的父亲怔了:袄里絮的不是棉花,是芦花!闵子骞的父亲大为生气,怎么可以对前房的儿子这样呢!他要把这个后老伴休了。闵子骞说千万使不得,跑在雪地上说了两句话:

> 母在一子单,
> 母去三子寒。

这是两句非常感人的话。

闵子骞是孔子的学生,是个孝子。孔子称赞他说:"孝哉闵子骞!人不间于其父母昆弟之言。"(《论语·先进》)"鞭打芦花"有没有这回事,未见记载。我想是民间艺人编出来的戏,这样富于生活气息的细节,也只有民间艺人能够想得出。这是一出说教的戏,但是编得很艺术、很感人。过去在农村演出,到"母在一子单,母去三子寒",有的妇女会流泪,甚至会哭出声来的。

继母是不好当的。"继母"在旧社会一直是一个不好解决的家庭问题、社会问题、伦理道德问题。一般继母对自己生的儿女即便是打是骂，也还是疼的，因为照京郊农村小戏所说，这是"我生的，我养的，我锄的，我耪的！"。而对前房的子女，则是"隔层肚皮隔重山"。这种关系，需要协调。怎么协调？"亦唯忠恕而已矣。"

林则徐的女儿的遗联，《鞭打芦花》的情节，直接间接都受了儒家思想的影响。林则徐的女儿出身书香门第，曾读孔孟之书，自不必说。

《鞭打芦花》的编剧艺人未必读过《论语》（但是一出土生土长的民间小戏却以一个孔夫子的弟子做主角，这是值得深思的），但是这位（或这些）剧作者掌握了儒家思想最精粹的内核：人情。

现在实行一对夫妻只生一个孩子的政策，"继母"问题已经不那么尖锐、不那么普遍了，但是由此涉及的伦理道德问题并没有解决，即如何为人母。

有些与"继母"毫不相干的社会现象，从伦理道德角度来看，即所谓"人际关系"，其实是相通的，即怎样"做人"。

一个国家，一个民族，一个时代，总要有它的伦理道德观念。我们今天的伦理道德观念从什么地方取得？我看只有从孔夫子那里借鉴，曰仁心，曰恕道，或者如老百姓所说：讲人情。如果一个时代没有道德支柱，只剩下赤裸裸的自私和无情，将是极其可怕的事。我们现在常说提高民族的素质，什么素质？应该是文化素质、心理素质、伦理道德素质。

我觉得林则徐的女儿的遗联、《鞭打芦花》，对提高民族伦理道德素质，是有作用的。

一九九三年十一月十八日

辑三 ｜ 读书唯自在

《晚饭花集》自序

一九八一年下半年至一九八三年下半年所写的短篇小说都在这里了。

集名《晚饭花集》，是因为集中有一组以《晚饭花》为题目的小说。不是因为我对这一组小说特别喜欢，而是觉得其他各篇的题目用作集名都不太合适。我对自己写出的作品都还喜欢，无偏爱。读过我的作品的熟人，有人说他喜欢哪一两篇，不喜欢哪一两篇；另一个人的意见也许正好相反。他们问我自己的看法，我常常是笑而不答。

我对晚饭花这种花并不怎么欣赏。我没有从它身上发现过"香远益清""出淤泥而不染"之类的品德，也绝对到不了"不可一日无此君"的地步。这是一种很低贱的花，比牵牛花、凤仙花以及北京人叫作"死不了"的草花还要低贱。凤仙花、"死不了"，间或还有卖的，谁见过花市上卖过晚饭花？这种花公园里不种，画家不画，诗人不题咏。它的缺点一是无姿态。二是叶子太多，铺铺拉拉，重重叠叠，乱乱哄哄的一大堆。颜色又是浓绿的。就算是需要进行光合作用，取得养分，也用不着生出这样多的叶子呀，这真是一种毫无节制的浪费！三是花形还好玩，但也不算美，一个长柄的小喇叭。颜色以深胭脂红的为多，也有白的和黄的。这种花很易串种。黄花、白花的瓣上往往有不规则的红色细条纹。花多，而细碎。这种花用"村""俗"来形容，都不为过。最恰当的还是北京人爱用的一个字："怯。"北京人称晚饭花为野茉莉，实在是抬举它了。它跟茉莉可以说毫不相干，也一定不会是属于同一科，枝、叶、花形都不相似。把它和茉莉拉扯在一起，可能是因为它有一点淡淡的清香，——然而也不像茉莉的气味。只有一个"野"字它倒是当之无愧的。它是几乎不用种的。随便丢几粒种子到土里，它就会赫然地长出一大丛。结了籽，落进土中，第二年就会长出更大的几丛，只要有一点空地，全给你占得满满的，一点也不客气。它不怕旱，不怕涝，不用浇水，不用施肥，不得病，也没见它生过虫。这算是什么花呢？然而不是花又是什么呢？你总不能说它是庄稼，是蔬菜，是药材。虽然吴其濬说它的种子的黑皮里有一囊白粉，可食；叶可为蔬，如马兰头；俚医用其根治吐血，但我没有见到有人吃过，服用过。那就还算它是一种花吧。

我的小说和晚饭花无相似处，但其无足珍贵则同。

我对于晚饭花还有一点好感，是和我的童年记忆有关系。我家荒废的后园的一个旧花台上长着一丛晚饭花。晚饭以后，我常常到废园里捉蜻蜓，一捉能捉几十只。选两只放在帐子里让它吃蚊子（我没见过蜻蜓吃蚊子，但我相信它是吃的），其余的装在一个大鸟笼里，第二天一早又把它们全放了。我在别的花木枝头捉，也在晚饭花上捉。因此我的眼睛里每天都有晚饭花。看到晚饭花，我就觉得一天的酷暑过去了，凉意暗暗地从草丛里生了出来，身上的痱子也不痒了，很舒服；有时也会想到又过了一天，小小年纪，也感到一点惆怅，很淡很淡的惆怅。而且觉得有点寂寞，白菊花茶一样的寂寞。

我的儿子曾问过我："《晚饭花》里的李小龙是你自己吧？"我说："是的。"我就像李小龙一样，喜欢随处流连，东张西望。我所写的人物都像王玉英一样，是我每天要看的一幅画。这些画幅吸引着我，使我对生活产生兴趣，使我的心柔软而充实。而当我所倾心的画中人遭到命运的不公平的簸弄时，我也像李小龙那样觉得很气愤。便是现在，我也还常常为一些与我无关的事而发出带孩子气的气愤。这种倾心和气愤，大概就是我自己称之为抒情现实主义的心理基础。

这一集，从形式上看，如果说有什么特点，是有一些以三个小短篇为一组的小说。数了数，竟有六组。这些小短篇的组合，有的有点外部的或内部的联系。比如《故里三陈》写的三个人都姓陈；《钓人的孩子》所写的都是与钱有关的小故事。有的则没有联系，不能构成"组曲"，如《小说三篇》，其实可以各自成篇。

至于为什么总是三篇为一组，也没有什么道理，只是因一篇太单，两篇还不足，三篇才够"一卖"。"事不过三"，三请诸葛亮，三戏白牡丹，都是三。一二三，才够意思。

我写短小说，一是中国本有用极简的笔墨摹写人事的传统，《世说新语》是突出的代表。其后不绝如缕。我爱读宋人的笔记甚于唐人传奇。《梦溪笔谈》《容斋随笔》记人事部分我都很喜欢。归有光的《寒花葬志》、龚定盦的《记王隐君》，我觉得都可当小说看。

第二是我过去就曾经写过一些记人事的短文。当时是当作散文诗来写的。这一集中的有些篇，如《钓人的孩子》《职业》《求雨》，就还有点散文诗的味道。散文诗和小说的分界处只有一道篱笆，并无墙壁（阿左林和废名的某些小说实际上是散文诗）。我一直以为短篇小说应该有一点散文诗的成分。把散文诗编入小说集，并非自我作古，我看到有些外国作家就这样办过。

第三，这和作者的气质有关。倪云林一辈子只能画平远小景，他不能像范宽一样气势雄豪，也不能像王蒙一样烟云满纸。我也爱看金碧山水和工笔重彩人物，但我画不来。我的调色碟里没有颜色，只有墨，从渴墨焦墨到浅得像清水一样的淡墨。有一次以矮纸尺幅画初春野树，觉得需要一点绿，我就挤了一点菠菜汁在上面。我的小说也像我的画一样，逸笔草草，不求形似。又我的小说往往是应刊物的急索，短稿较易承命。书被催成墨未浓，殊难计其工拙。

这一集里的小说和《汪曾祺短篇小说选》（北京出版社一九八二年出版），在思想上和方法上有些什么不同？很难说。几笔的功夫，很难看出一个作者的作品有多少明显的变化。到了我这样的年龄，很难像青年作家一样会产生飞跃。我不像毕加索那样多变。不过比较而言，也可以说出一些。

从思想情绪上说，前一集更明朗欢快一些。那一集小说明显地受了三中全会的间接影响。三中全会一开，全国人民思想解放，情绪活跃，我的一些作品（如《受戒》《大淖记事》）的调子是很轻快的。现在到了扎扎实实建设社会主义的时候了，现在是为经济的全面起飞做准备的阶段，人们都由欢欣鼓舞转向深思。我也不例外，小说的内容渐趋沉着。如果说前一集的小说较多抒情性，这一集则较多哲理性。我的作品和政治结合得不紧，但我这个人并不脱离政治。我的感怀寄托是和当前社会政治背景息息相关的。必须先论世，然后可以知人。离开了大的政治社会背景来分析作家个人的思想，是说不清楚的。我想，这是唯物主义的方法。当然，说不同，只是相对而言。如果把这一集的小说编入上一集，或把上一集的编入这一集，皆无不可。大体上，这两集都可以说是一个不乏热情，还算善良的中国作家二十世纪八十年代初期的思想的记录。

在文风上，我是更有意识地写得平淡的。但我不能一味平淡。一味平淡，就会流于枯瘦。枯瘦是衰老的迹象。我还不太服老。

我愿意把平淡和奇崛结合起来。我的语言一般是流畅自然的，但时时会跳出一两个奇句、古句、拗句，甚至有点像是外国作家写出来的带洋味儿的句子。老夫聊发少年狂，诸君其能许我乎？另一点是，我是更有意识地吸收民族传统的，在叙述方法上有时像旧小说，但是有时忽然来一点现代派的手法，意象、比喻，都是从外国移来的。这一点和前一点其实是一回事。奇，往往就有点洋。但是，我追求的是和谐。我希望融奇崛于平淡、纳外来于传统，能把它们糅在一起。奇和洋为了"醒脾"，但不能瞧着扎眼，"硌生"。

我已经六十三岁，不免有"晚了"之感，但思想好像还灵活，希望能抓紧时间，再写出一点。曾为友人画冬日菊花，题诗一首：

> 新沏清茶饭后烟，
>
> 自搔短发负晴暄。
>
> 枝头残菊开还好，
>
> 留得秋光过小年。

愿以自勉，且慰我的同代人。

如果继续写下去，应该写出一点更深刻，更有分量的东西。是为序。

一九八三年九月一日

黑罂粟花

——《李贺歌诗编》读后

下午六点钟，有些人心里是黄昏，有些人眼前是夕阳。金霞，紫霭，珠灰色淹没远山近水，夜当真来了，夜是黑的。

有唐一代，是中国历史上最豪华的日子。每个人都年轻，充满生命力量，境遇又多优裕，所以他们做的事几乎全是从前此后人所不能做的。从政府机构、社会秩序，直到瓷盘、漆盒，莫不表现其难能的健康美丽。当然最足以记录豪华的是诗。但是历史最严苛。一个最悲哀的称呼终于产生了——晚唐。于是我们可以看到暮色中的几个人像——幽暗的角落，苔先湿，草先冷，贾岛的敏感是无怪其然的；眼看光和热消逝了，竭力想找另一种东西来照耀漫漫长夜的，是韩愈；沉湎于无限好景，以山头胭脂作脸上胭脂的，是温飞卿、李商隐；而李长吉则是守在窗前，望着天，头晕了，脸苍白，眼睛里飞舞各种幻想。

长吉七岁作诗，想属可能，如果他早生几百年，一定不难"一日看尽长安花"。但是在他那个时代，便是有"到处逢人说项斯"，恐怕肯听的人也不多。听也许是听了，听过只索一番叹息，还是爱莫能助。所以他一生总不得意。他的《开愁歌》笔下作：

秋风吹地百草干，华容碧影生晚寒。我当二十不得意，一心愁谢如枯兰。衣如飞鹑马如狗，临歧击剑生铜吼……

说得已经够惨了。沈亚之返归吴江，他竟连送行钱都备不起，只能"歌一解以送之"，其窘尤可想见。虽然也上长安去"谋身"，因为当时人以犯讳相责，虽有韩愈辩护，仍不获举进士第。大概树高遭嫉，弄得落拓不堪，过"渴饮壶中酒，饥拔陇头粟"的日子。

长安有男儿，二十心已朽。

一团愤慨不能自已。所以他的诗里颇有"不怪"的。比如：

别弟三年后，还家一日余。酾醹今夕酒，缃帙去时书。病骨犹能在，人间底事无？何须问牛马，抛掷任枭卢。

不论句法、章法、音节、辞藻，都与标准律诗相去不远，便以与老杜的作品相比，也堪左右。想来他平常也作过这类诗，想规规矩矩地应考做官，与一般读书人同一出路。

凄凄陈述圣，披褐锄俎豆。学为尧舜文，时人责衰偶。

十分可信。可是：

天眼何时开？

他看得很清楚：

只今道已塞，何必须白首。

只等到，

三十未有二十余，

依然，

白日长饥小甲蔬。

于是，

公卿纵不怜，宁能锁吾口。

他的命运注定了去做一个诗人。

他自小身体又不好，无法"收取关山五十州"，甘心"寻章摘句老雕虫"了。韩愈、皇甫湜都是"先辈"了，李长吉一生不过二十七年，自然看法不能跟他们一样。一方面也是生活所限，所以他愿完全过自己的生活。《南园》一十三首中有一些颇见闲适之趣。如：

春水初生乳燕飞，黄蜂小尾扑花归。窗含远色通书幌，鱼拥香钩近石矶。

边让今朝忆蔡邕，无心栽曲卧春风。舍南有竹堪书字，老去溪头作钓翁。

说是谁的诗都可以，说是李长吉的诗倒反有人不肯相信，因为长吉在写这些诗时，也还如普通人差不多。虽然：

遥岚破月悬、长茸湿夜烟，

已经透露一点险奇消息，这时他没有意把自己的诗作出李长吉的样子。

他认定自己只能在诗里活下来，用诗来承载他整个生命了。他自然得作他自己的诗。唐诗至于晚唐，什么形式都有一个最合适的作法，什么题目都有最好的作品。想于此中求自立，真不大容易。他自然得另辟蹊径。

他有意藏过自己，把自己提到现实以外去，凡有哀乐不直接表现，多半借题发挥。这时他还清醒，他与诗之间还有个距离。其后他为诗所蛊惑，自己整个跳到诗里去，跟诗融成一处，诗之外再也找不到自己了，他焉得不疯。

时代既待他这么不公平，他不免缅想往昔。诗中用古字地方不一而足。眼前题目不能给他刺激，于是他索性全以古乐府旧调为题，有些诗分明是他自己的体，可是题目亦总喜欢弄得古色古香的，例"平城下""溪晚凉""官街鼓"，都是以"拗"令人脱离现实的办法。

他自己穷困，因此恨极穷困。他在精神上是一个贵族，他喜欢写宫廷事情，他决不允许自己有一分寒碜气。其贵族处尤不在其富丽的典实藻绘，在他的境界。我每读到"腰围白玉冷"，觉得没有第二句话更可写出"贵公子夜阑"了。

他甚至于想到天上些多玩意，"梦天""天上谣"，都是前此没听见说过的。至于神，那更是他心向往之的。所以后来有"玉楼赴会"附会故事已不足怪。

凡此都是他的逃避办法。不过他逃出一个世界，于另一世界何尝真能满足。在许多空虚东西营养之下，当然不会正常。这正如服寒石散求长生一样，其结果是死得古里古怪。说李长吉呕心，一点不夸张。他真如千年老狐，吐出灵丹便无法再活了。

他精神既不正常，当然诗就极其怪艳了。他的时代是黑的，这正作了他的诗的底色。他在一片黑色上描画他的梦；一片浓绿，一片殷红，一片金色，交错成一幅不可解的图案。而这些图案充满了魔性。这些颜色是他所向往的，是黑色之前都曾存在过的，那是整个唐朝的颜色。

李长吉是一条在幽谷中采食百花酿成毒，毒死自己的蛇。

原题本为诗人白居易，提笔后始觉题目太广，临时改写李贺。初拟写两段，一写其生活，一写其诗，奈书至此天已大亮。明天当有考试，只好搁笔。俟有暇当再续写。

十九日晨五时

人之相知之难也

——为《撕碎，撕碎，撕碎了是拼接》而写

文如其人也好，人如其文也好，文和人是有关系的，布封说过一句名言：风格即人。我们可以进一步说：作品的形式是作者人格的外化。"颂其诗，读其书，不知其人，可乎？"读者是希望较多地知道作者其人，以便更多地增加对作品的理解。

大部分作家是希望被人理解的。"人不知，而不愠，不亦君子乎？"这是不很容易达到的境界。人不知，不愠；为人所知呢？是很快慰的事。"莫愁前路无知己，天下谁人不识君"，这样的旅行是愉快的旅行。"人生得一知己足矣"，一人已足，多了更好。

在读者和作家之间搭起一道桥梁，这大概是《撕碎，撕碎，撕碎了是拼接》这本书编者最初的用意。这是善良的用意。但是这道桥是不很好搭的。

书分三部分：作家自白，作家谈作家，评论家谈作家。内容我想也只能是这些了。然而，难。

作家自白按说是会写得比较真切的。"我与我周旋久，宁作我"，一个人和自己混了一辈子，总应该能说出个么二三。然而，人贵有自知之明，亦难得有自知之明。自画像能像凡·高一样画出那样深邃的内在的东西的，不多。有个女同志，别人说她的女儿走路很像她，她注意看看女儿走路的样子，说："我走路就是那样难看呀！"人总难免照照镜子。我怕头发支棱着，在洗脸梳发之后有时也要照一照。然而，看一眼，只见一个脑袋，加上我家的镜子是一面老镜子，昏昏暗暗，我不知道我究竟是什么样子。一般人家很少会有芭蕾舞练功厅里能照出全身的那样大的镜子。直到有一次，北京电视大学录了我讲课的像，我看了录像，才知道我是这样的。那样长时间地被"曝光"，我实在有点坐不住：我原来已经老成这样了，而且，很俗气。我曾经被加上了各种各样的称谓。"前卫"（这是中国台湾说法，相当于新潮）、"乡土""寻根""京味"，都和我有点什么关系。我是个什么作家，连我自己也糊涂了。有人说过我受了老庄的、禅宗的影响，我说我受了儒家思想的影响更大一些，曾自称是一个"中国式的抒情的人道主义者"。说这个话的时候似乎很有点底气，而且有点挑战的味道。但是近两年我对自己手制的帽子有点恍惚，照北京人的话说是"二乎"了：我是受过儒家思想的影响吗？我是一个中国式的抒情的人道主义者吗？

作家写作家比新闻记者写作家要好一些。记者写专访，大都只是晤谈一两个小时，求其详尽而准确，是强人所难的事。作家写作家，所写的是作家的朋友，至少是熟人。但是即使熟到每天看见，有时也未必准确。有一老爷，见一仆人走过，叫住他，问："你是谁？什么时候到我这里来的？"——"小的侍候老爷已经好几年了。"——"那我怎么没有见过你？"原来此人是一轿夫，老爷逐日所见者唯其背耳。作家写作家，大概还不至于写了被写人的背，但是恐怕也难于全面。中国文学不大重视人物肖像，这跟中国画里的肖像画不发达大概有些关系。《世说新语》品藻人物大都重其神韵，忽其形骸，往往用比喻：水、山、松、石，空灵则空灵矣，但是不好捉摸。"叔度汪汪"，我始终想象不出是什么样子。作家写作家，能够做到像任伯年画桂馥一样的形神兼备者几希。周作人的《怀废名》写得淡远而亲切，但是他说废名之貌奇古，其额如螳螂，我就想象不出是什么样子。我后来在沙滩北大的路上不止一次看见过废名，注意过他的额头，实在不觉得有什么地方像螳螂。而且也并不很奇古。要说"奇古"，倒是俞平伯有一点。画兽难画狗，画人难画手，习见故耳，作家写作家，也许正因为熟，反而觉得有点难于下笔。下笔了，也不能细致。中国作家还没有细心地观察朋友，描写朋友的习惯，没有那样的耐心，也没有那样的时间。中国作家写作家能够像高尔基写托尔斯泰、写柯罗连科、写契诃夫那样的，可以说没有一个人。作家写作家，参考系数究竟有多大，颇可存疑。读者也只好听一半，不听一半。

评论家写作家可能是会比较客观的，往往也说得很中肯，但也不能做到句句都中肯。昔有人制一谜语：上面上面，下面下面，左边左边，右边右边，不是不是，是了是了！谜底是搔痒。郑板桥曾写过一副对子："搔痒不着赞何益，入木三分骂亦精。"评论家是会搔到作家的痒处的，但是不容易一下子就搔到。总要说了好多句，其中有一两句"说着"了。我有时看评论家写我的文章，很佩服：我原来是这样的，哪些哪些地方连我自己也没有想到过；但随即也会疑惑：我是这样的吗？评论家的主体意识也是很强的。法朗士在《文学生活》第一卷的序言里说过："为了真诚坦白，批评家应该说：'先生们，关于莎士比亚，关于拉辛，我所讲的就是我自己。'"评论家写作家，有时像上海人所说的，是"自说自话"，拿作家来"说事"，表现的其实是评论家自己。有人告诉林斤澜：汪曾祺写了一篇关于你的文章。斤澜说："他是说我吗？他是说他自己吧。"评论家写作家，我们反过来倒会看到评论家自己，这是很有趣的。于是从评论家的文章中能看到的作家的影子就不很多了。通过评论，理解作家，是有限的。

甚矣人之相知之难也。

我相信，读者读了这本书是不会满足的。但也许由于不满足，激起了他们希望更多地了解作家的愿望。这是这本书的最终的和最好的效果。

一九九〇年十月十日

日子就这么过来了

——徐卓人小说集《你先去彼岸》代序

是的，日子就这么过来了。

初读了这篇小说，我有点奇怪。为什么说是"斑斓的日子"？表嫂的日子过得实在很平淡，说不上有什么斑斓。但是稍想一想，觉得徐卓人是有道理的。表嫂的日子是斑斓的。一方面，很平淡，同时，又是斑斓的。平淡中的斑斓。这篇短短的小说写出了中国妇女巨大的承受力，什么困难也吃得消。就像那些土方，"总归要挑完的"。表嫂从来没有被日子压倒过，从来没有失去信心，并且充满了对生活的希望，对生活感到欣喜，对照片，也是对生活快活地叫着："彩色的呢！哎呀，地里这么好！"

当然，"日子就这么过来了"，也溢出了对生活沉沉的感慨。逝者如斯夫。往事不堪回首。一个承受了那样多生活的重负的妇人有权利平平静静地说出这样的话。

日子之所以是斑斓的，是因为这世界上有女人。正如草地上有花。女人是各色各样的。

喊家是很特殊的风俗，喊家的词句也很别致："好哉……好放人哉……"只有江南水乡才会有这种又软又糯又酸溜溜的悠长的歌声。为什么要喊家？凤嫂的文不对题的话是最好的回答："我们女人……唉……""我们女人"怎么啦？"我们女人"需要被人爱，这有啥不对？

《湖塘里人》是一幅崇惠小景。做男人"一个常熟叫花鸡"这样的恶作剧只有孙二娘这样的江南水乡的泼辣女人才干得出来。给浑身泥浆，烤得难受的憨三盖上一大叠荷叶的水蛇腰不仅斯文、善良，而且很美，形神都美。不知哪位男客，自言自语咕了半句："唉，我们这些湖塘里人……"结尾宕开了一句，使这幅小景概括了更多的东西。这，就是湖塘里人。只有湖塘里，才有这样的人。

辣嫂真辣。为了庇护一个柔弱的男人，大撒其泼，为明心迹（实际上是掩盖心迹）竟用剪刀戳进了自己的胸膛。一个性格如此强烈的女人为什么会钟情于一个柔弱无用的光棍呢，这真是说不清楚。然而这是一个活生生的人。

《流年》是一篇非常温馨的小说。这篇小说里有一片奶香。几乎觉不出一点技巧的痕迹，只是一片真情汪汪地流动。作者毫不着力，无意感人。于是感人至深。

我忽然发现：徐卓人是个女作家。我感觉到作品中的女性。这本小说写了这样多的女人，各个不同，真成了"女性系列"。有些男作家也是擅长写女性的，但多少是从欣赏角度出发，多少是旁观的，多少有点男子气。徐卓人不是这样。她不是欣赏者，而是亲验者。只有女人才真正了解女人。只有女作家才能不费吹灰之力就能一下子把握住女人性格的美，和诗意。

有好几篇是怀旧之作，是对黄昏夕照的挽歌。过去的终归要过去的。这是无可奈何的事。有些陈旧的东西也真该扔掉，不能让它成为不堪承受的负累，像坤伯阁楼上那些坛坛罐罐。在无可奈何之中，便有新的希望在生长。因此，作者的态度是超脱的，并不低回。

《你先去彼岸》是本集中写得最深刻的。难怪作者用这篇小说的题目作为书名。这是一篇很沉痛的小说。小说写的是知青（南方叫"插青"）的心态，可以说是"心态小说"。这一代的知识青年是被抛弃的一代。他们是时代的流浪儿，他们的价值被糟毁了。他们失去了昨天，也失去了明天。他们没有寄托、没有追求、没有希望。他们有的是一腔怨恨，但又还有对生活的热爱，于是痛饮狂歌度日。他们要通向彼岸，彼岸是死。谁为为之？孰令致之？这一代知青的精神状态应该谁来负责？笼统地说：社会。

这篇小说的写法和其他各篇不同。小说的结构不是"故事结构"而是"情绪结构"。故事在这里是不重要的。小说并没有贯串性的故事。有些情节或细节都似乎与主题关系不大。比如打麻雀，烹制"肖郎头"等。但是这些情节和细节都写了人物的情绪。人的情绪总是忽起忽落，忽来忽去，飘飘忽忽，错错落落的。比如：

　　阿勇嘴上说只管看麻雀，却觉得看到的只是竹梢摇曳。阿勇这时心头一怔，忽然想到慧觉和尚拜师的故事。老和尚那日讲经就叫全体徒子徒孙看佛门一面迎风飘动的旌幡，喝声"看！什么在动？"徒子徒孙哇啦啦呼着"旗动！""不，风动！""旗动风动旗动风动……"老和尚猛喝一声："都是尔等心动！"

　　阿勇打麻雀，为什么会忽然想到慧觉和尚的故事？这真是没来由，没道理。但是人的思绪就是没道理的，为什么不能忽然想起毫不相干的事？如果你一定要问：这表现人物性格的一个什么侧面，有什么寓意？

　　我就要问问你：你的心目中是不是还有一个关于小说的传统的观念，你的阅读习惯一下子改不过来？

　　有时作者的叙述和人物的思绪同时活动，以至分不出第一人称和第三人称。比如：

　　勤妹一怔，月光下脸色苍白，眼里沁出泪水来，阿勇呆了几秒钟，心里一阵懊恼，是你蛮横，是你无理，是你自己请人家来的，你神枪手的枪下跑丢了马，可你屙屎屙不出怪茅坑！好了，现在你心里嘟哝着沮丧地叫小女人"你回去，否则到天亮也打不到一个麻雀"。你就把枪搭上肩潇潇洒洒大步跨出去，可你又犹豫着回过头来莫名其妙地说一句："反正谁娶了你做老婆是运气！"你前言不对后话，说这些没头没尾的话，你居然自己也不懂到底为了什么！这小女人本与你桥归桥，路归路，与"老婆"两字毫无牵连，可你怎么突然想出了"老婆"两个字？

这就是所谓"意识流"。

小说多处写了感觉。有的感觉是超常的，然而是真实的。比如：阿勇意想不到，勤妹的眼中此刻映着两个月亮！

这样徐卓人的小说就跨进了另一个时期，从抒情进入"现代"。一个新的徐卓人正在露头。

如果用最简短的语言来概括徐卓人的风格，可以赠之以一个字：秀。当然，《你先去彼岸》已经不是一个秀字所能覆盖，这篇小说比前此的一些淡彩小景要丰富得多，复杂得多。然而，成篇依然透出一股秀气。

吴语地区的作家大都遇到一个困难：他们赖以思维和表现的

语言是普通话，但这和他们的母语有相当大的距离。因此，吴语地区作家的小说往往缺少语言美。卓人也是用普通话思维的，但语言中保留了吴语的韵味，这是很难得的。我希望卓人能深入研究吴语的魅力，保持自己的特点。当然，不要为了具有江南特点，过多地装点吴语的句式和词汇。

卓人的语言是清新流畅的，不"玩"语言，偶尔有些段落标点用得很少，比如《流年》的结尾。我看这样写不但是可以的，甚至是必要的，不是玩什么花样，不是把应当省的标点抽掉，而是作者的思维中本没有标点。作者的感情的激流一泻而下，不能切断。这样痛快淋漓的宣泄，到我要去找，是了，我要去找！收住，就非常有力度。

要说缺点，是有些篇失之冗长。《他带着遗憾离去》，这个缺点最明显。篇幅长的，易于冗长，短的，尤其要注意。字数只有那么多，多一句，就会显得累赘。尤其是结尾。《湖塘里人》《斑斓的日子》结尾都是很好的，很俏，而有余味。《铜匠担》结尾就有点拖沓。最后一段可以不要，到"我离婚了……"就够了。

近两年我给好几个青年作家的集子写了序，成了写序专业户。徐卓人要我为她的短篇小说集写一篇序，我有点踌躇，因为我没有看过她一篇小说。我会不会说一些言不由衷，不负责任的话？读卓人的小说集两遍，我很乐意为之写序。我愿意负责地向读者推荐这本小说，推荐这个很有才华的女作家。请相信一个从事写作半个世纪，今年已经七十二岁的老人的诚意。

是为序。

一九九二年三月三日

《菰蒲深处》自序

我是高邮人。高邮是个水乡。秦少游诗云：

> 吾乡如覆盂，
>
> 地据扬楚脊，
>
> 环以万顷湖，
>
> 天粘四无壁。

我的小说常以水为背景，是非常自然的事。记忆中的人和事多带有点泱泱的"水"气。人的性格亦多平静如水，流动如水，明澈如水。因此我截取了秦少游诗句中的四个字"菰蒲深处"作为这本小说集的书名。

这些小说写的是本乡本土的事，有人曾把我归入乡土文学作家之列。我并不太同意。"乡土文学"概念模糊不清，而且有很大的歧义。舍伍德·安德森的小说算是乡土文学，斯坦因倍克算是乡土文学，甚至有人把福克纳也划入乡土文学，但是我们看，他们之间的差别有多大！中国现在有人提倡乡土文学，这自然随他们的便。但是有些人标榜乡土文学，在思想上带有排他性，即排斥受西方影响较深的所谓新潮派。我并不拒绝新潮。我的一些小说，比如《昙花、鹤和鬼火》《幽冥钟》，不管怎么说，也不像乡土文学。我的小说有点"水"气，却不那么有土气。还是不要把我纳入乡土文学的范围为好。

我写小说，是要有真情实感的，沙上建塔，我没有这个本事。我的小说中的人物有些是有原型的。但是小说是小说，小说不是史传。我的儿子曾随我的姐姐到过一次高邮，我写的《异秉》中的王二的儿子见到他，跟他说："你爸爸写的我爸爸的事，百分之八十是真的。"可以这样说。他的熏烧摊子兴旺发达，他爱听说书……这都是我亲眼所见，他说的"异秉"——大小解分清，是我亲耳所闻，——这是造不出来的。但是真实度达到百分之八十，这样的情况是很少的。《徙》里的高先生实有其人，我连他的名字也没有改，因为小说里写到他门上的一副嵌字格的春联。这副春联是真的。我们小学的校歌也确是那样。但高先生后来一直教中学，并没有回到小学教书。小说提到的谈甓渔，姓是我的祖父的岳父的姓，名则是我一个作诗的远房舅舅的别号。陈小手有那么一个人，我没有见过，他的事是我的继母告诉我的，但陈小手并未被联军团长一枪打死。《受戒》所写的荸荠庵是有的，仁山、仁海、仁渡是有的（他们的法名是我给他们另起的），他们打牌、杀猪，都是有的，唯独小和尚明海却没有。大英子、小英子是有的。大英子还在我家带过我的弟弟。没有小和尚，则小英子和明海的恋爱当然是我编出来的。小和尚那种朦朦胧胧的爱，是我自己初恋的感情。世界上没有这样便宜的事，把一块现成的、完完整整的生活原封不动地移到纸上，就成了一篇小说。从眼中所见的生活到表现到纸上的生活，总是要变样的。我希望我的读者，特别是我的家乡人不要考证我的小说哪一篇写的是谁。如果这样索起隐来，我就会有吃不完的官司。出于这种顾虑，有些想写的题材一直没有写，我怕所写人物或他的后代有意见。我的小说很少写坏人，原因也在此。

　　我的小说多写故人往事，所反映的是一个已经消逝或正在消逝的时代。我们家乡曾是一个比较封闭的小城。因为离长江不太远，自然也受了一些外来的影响。我小时看过清代不知是谁写的竹枝词，有一句"游女拖裙俗渐南"，印象很深。但是"渐南"而已，这里还保存着很多苏北的古风。我并不想引导人们向后看，去怀旧。我的小说中的感伤情绪并不浓厚。随着经济的发展，改革开放，人的伦理道德观念自然会发生变化，这是不可逆转的，也是无可奈何的事。但是在商品经济社会中保存一些传统品德，对于建设精神文明，是有好处的。我希望我的小说能起一

点微薄的作用。"再使风俗淳"，这是一些表现传统文化，被称为
"寻根"文学的作者的普遍用心，我想。

谨以此书献给我的家乡。

一九九二年三月二十一日

从哀愁到沉郁

——何立伟小说集《小城无故事》序

　　我最初读到的何立伟的小说是《小城无故事》，发表在《人民文学》。当时就觉得很新鲜。这样的小说我好像曾经很熟悉，但又似乎生疏了多年。接着就有点担心，担心作者会受到批评，也担心《人民文学》因为发表这样的作品而受到批评。我担心某些读者和评论家会看不惯这样的小说，担心他们对看不惯的小说会提出非议。然而我的担心是多余了。看来我的思想还是相当保守的，对读者和评论家的估计过低了。何立伟和《人民文学》全都太平无事。——也许有一点"事"，但是我不知道。我放心了。何立伟接着发表了不少小说，有的小说还得了奖。我听到一些关于何立伟小说的议论，都是称赞的，都说何立伟是一个值得注意的、有自己的特点的青年作家。何立伟得到社会的承认，他在文艺界站住脚了，我很高兴。为立伟本人高兴，也为中国多了一个真正的作家而高兴。何立伟现在的情况可以说是"崭露头角"，他的作品也预示出他会有很远大的前程。从何立伟以及其他一些破土而出，显露不同的才华的青年作家身上，我们看到中国文学的一片勃勃的生机，这真是太好了。

但是我以前看过立伟的小说很少，——我近年来不大看小说，好像只有《小城无故事》这一篇。

蒋子丹告诉我，何立伟要出小说集，要我写序。有一次见到王蒙，我告诉他何立伟要我写序（我知道立伟的小说有一些是经他的手发出去的）。王蒙说："你写吧！"我说我看过他的小说很少，王蒙说："看看吧，你会喜欢的。"我心想：好吧。

何立伟把他的小说的复印件寄来给我了，写序就由一句话变成了真事。复印件寄到时，我在香港。回来后知道他的小说集发稿在即，就连日看他的小说。这样突击式地看小说，囫囵吞枣，能够品出多少滋味来呢？我于是感到为人写序是一件冒险的事。如果序里所说的话，全无是处，是会叫作者很难过的。但是我还是愿意来写这篇序。理由就是：我愿意。

子丹后来曾陪了立伟和另外一位湖南青年作家徐晓鹤到我在北京的住处来看过我。他们全都才华熠熠，挥斥方遒，都很快活。我很喜欢他们的年轻气盛的谈吐。因为时间匆促，未暇深谈。谈了些什么，我已经不记得了。只记得我大概谈起过废名。为什么谈起废名，大概是我觉得立伟的小说与废名有某些相似处。

立伟最近来信，说："上回在北京您同我谈起废名，我回来后找到他的书细细读，发觉我与他有很多内在的东西颇接近，便极喜欢。"

那么何立伟过去是没有细读过废名的小说的，然而他又发觉他与废名有很多内在的东西颇接近，这是很耐人深思的。正如废名，有人告诉他，他的小说与英国女作家弗金尼·伍尔夫很相似，废名说："我没有看过她的小说。"后来找了弗金尼·伍尔夫的小说来看了，说："果然很相似。"一个作家，没有读过另一作家的作品，却彼此相似，这是很奇怪的。

但是何立伟是何立伟，废名是废名。我看了立伟的全部小说，特别是后来的几篇，觉得立伟和废名很不一样。我的这篇序恐怕将写成一篇何立伟、废名异同论，这真是始料所不及。

废名是一位被忽视的作家。在中国被忽视，在世界上也被忽视了。废名作品数量不多，但是影响很大，很深，很远。我的老师沈从文承认他受过废名的影响。他曾写评论，把自己的几篇小说和废名的几篇对比。沈先生当时已经成名。一个成名的作家这样坦率而谦逊的态度是令人感动的。虽然沈先生对废名后期的小说十分不以为然。何其芳在《给艾青先生的一封信》提到刘西渭（李健吾）非常认真地读了《画梦录》，但"主要只看出了我受了废名影响的那一点"。那么受了废名影响的这一点，何其芳是承认的。我还可以开出一系列受过废名影响的作家的名单，只是因为本人没有公开表态，我也只好为尊者讳了。"但开风气不为师"，废名是开了一代文学风气的，至少在北方。这样一个影响深远的作家，生前死后都很寂寞，令人怃然。

我读过废名的小说，《桃园》《竹林的故事》《桥》《枣》……都很喜欢。在昆明（也许在上海）读过周作人写的《怀废名》。他说废名的小说的一个特点是注重文章之美。说他的小说如一湾溪水，遇到一片草叶都要抚摸一下，然后再汩汩地向前滚去（大意），这其实就是意识流，只是当时在中国，"意识流"的理论和小说介绍进来的还不多。这也是很有意思的事。西方的意识流的理论和小说还没有介绍进来，中国已经有用意识流的方法写的小说，并且比之西方毫无逊色，说明意识流并非是外来的。人类生活发展到一定阶段，对意识的认识发展到一定阶段，就会产生意识流的作品。这是不能反对，无法反对的。废名也许并不知道"意识流"，正像他以前不知道弗金尼·伍尔夫。他只是想真切地反映生活，他发现生活，意识是流动的，于是找到了一种新的对于生活的写法，于是开了一代风气。这种写法没有什么奥秘，只是追求：更像生活。

周作人的文章还说废名之貌奇古，其额如螳螂。一九四八年我住在北京大学红楼，时常可以看到废名，他其时已经写了《莫须有先生坐飞机以后》，潜心于佛学。我只是看到他穿了灰色的长衫，在北大的路上缓慢地独行，面色平静，推了一个平头。我注意了他的相貌，没有发现其额如螳螂，也不见有什么奇古。——一个人额如螳螂，是什么样子呢？实在想象不出。

何立伟与废名的相似处是哀愁。

立伟一部分小说所写的生活是湖南小城镇的封闭的生活，一种古铜色的生活。他的小说有一些写的是长沙，但仍是封闭着的长沙的一个角隅。这种古铜有如宣德炉，因为镕入了锤碎了的乌斯藏佛之类的贵重金属，所以呈现出斑斓的光泽。有些小说写了封闭生活中的古朴的人情。《小城无故事》里的吴婆婆每次看到癫姑娘，总要摸两个冷了的荷叶粑粑走出凉棚喊拢来那癫子。"莫发癫！快快同我吃了！"萧七罗锅侧边喊："癫子，癫子，你拢来！""癫子，癫子，把碗葱花末豆腐你吃！"霍霍霍霍喝下肚，将那蓝花瓷碗往地上一摔，啪地碗碎了。萧七罗锅也不发火，只摇着他精光的脑壳蹲身下去一片一片捡碎瓷。还有用，回去拿它做得甄片子，刨得芋头同南瓜。这实在写得非常好。拣了碎瓷，回去做得甄片子，刨得芋头同南瓜，这是一种非常美的感情，很真实的感情。

但是这种封闭的古铜色的生活是存留不住的，它正在被打破，被铃木牌摩托车，被邓丽君的歌唱所打破。姚笃正老裁缝终于不得不学着做喇叭裤、牛仔裤（《砚坪那个地方》）。这是有点可笑的。然而，有什么办法呢？

面对这种行将消逝的古朴的生活，何立伟的感情是复杂的。这种感情大体上可以名之为"哀愁"。鲁迅在评论废名的小说时说："……在一九二五年出版的《竹林的故事》里，才见以冲淡为衣，而如著者所说，仍能'从他们当中理出我的哀愁'的作品。"
从立伟的一些前期的小说中，我们都可觉察到这种哀愁。如《荷灯》，如《好清好清的杉木河》。这种哀愁出于对生存于古朴世界的人的关心。这种哀愁像《小城无故事》里癫子姑娘手捏的栀子花，"香得并不酽，只淡淡有些幽远。""满街满巷都是那栀子花淡远的香。然而用力一闻，竟又并没有。"何立伟的不少篇小说都散发着栀子花的香味，栀子花一样的哀愁。

鲁迅论废名文中说："可惜的是大约作者过于珍惜他有限的'哀愁'，不久就不欲像先前一般的闪露，于是从率直的读者看来，就只见其有意低徊，顾影自怜之态了。"老实说，看了一些立伟的短篇，我是有点担心的。一个作者如果停留在自己的哀愁中，是很容易流于有意低徊的。

立伟是珍惜自己的哀愁的。他有意把作品写得很淡。他凝眸看世界，但把自己的深情掩藏着，不露声色。他像一个坐在发紫发黑的小竹凳上看风景的人，虽然在他的心上流过很多东西。有些小说在最易使人动情的节骨眼上往往轻轻带过，甚至写得模模糊糊的，使人得琢磨一下才明白是怎么回事。如《搬家》，如《雪霁》。但是他后来的作品，感情的色彩就渐渐强烈了起来。他对那种封闭的生活表现了一种忧愤。他的两个中篇，《苍狗》和《花非花》都是这样。像《花非花》那样窒息生机的生活，是叫人会喊叫出来的。但是何立伟并没有喊叫，他竭力控制着自己的激情，他的忧愤是没有成焰的火，于是便形为沉郁。也仍然是不动声色的，但这样的不动声色而写出的貌似平淡的生活却有了强烈的现实感。

我很高兴何立伟在小说里写了希望。谁是改造这个封闭世界的力量？像刘虹（《花非花》）这样追求美好，爱生活的纯净的人（刘虹写得一点都不概念化，是很难得的）。"那世界，正一天天地、无可抗拒地新鲜起来，富于活力与弹性"，是这样！

对立伟的这种变化，有人有不同意见，但我以为是好的。也许因为立伟所走过来的路和我有点像。

废名说过："我写小说同唐人写绝句一样。"立伟很欣赏他这句话。立伟的一些小说也是用绝句的方法写的，他和废名不谋而合。所谓唐人绝句，其实主要指中晚唐的绝句，尤其是晚唐绝句。晚唐绝句的特点，说穿了，就是重感觉，重意境。"小城无故事"，立伟的小说不重故事，有些篇简直无故事可言，他追求的是一种诗的境界，一种淡雅的，有些朦胧的可以意会的气氛，"烟笼寒水月笼沙"。与其说他用写诗的方法写小说，不如说他用小说的形式写诗。这是何立伟赢得读者、受到好评的主要原因。我也是喜欢晚唐绝句的。最近看到一本书，说是诗以五古为最难写，一个诗人不善于写五古，是不能算做大诗人的。我想想，这有道理。诗至五古，堂庑始大，才厚重。杜甫的《北征》，我是到中年以后才感到其中的苍凉悲壮的。我觉得，立伟的《苍狗》和

《花非花》，其实已经不是绝句，而是接近五古了。何立伟正在成熟。

何立伟的语言是有特色的。他写直觉，没有经过理智筛滤的，或者超越理智的直觉，故多奇句。这一点和日本的新感觉派相似，和废名也很相似。废名的名句："万寿宫丁丁响"，即略去万寿宫有铃铛，风吹铃铛，直接写万寿宫丁丁响。这在一群孩子的感觉中是非常真切的。立伟的造句奇峭似废名，甚至一些虚词也相似，如爱用"遂""乃"。立伟还爱用"抑且"，这也有废名的味道。立伟以前没有细读过废名的作品，相似乃尔，真是奇怪！我觉得文章不可无奇句，但不宜多。龚定庵论人："某公端端，酒后露轻狂，乃真狂。"奇句和狂态一样，偶露，才可爱。立伟初期的小说，我就觉得奇句过多。奇句如江瑶柱，多吃，是会使人"发风动气"的。立伟后来的小说，语言渐多平实，偶有奇句。我以为这也是好的。

立伟要我写序，尽两日之功写成，可能说了一些煞风景的话，不知道立伟会不会难过。

一九八五年十一月一日序于北京

又读《边城》

请许我先抄一点沈先生写给三姐张兆和（我的师母）的信。

三三，我因为天气太好了一点，故站在船后舱看了许久水，我心中忽然好像彻悟了一些，同时又好像从这条河中得到了许多智慧。三三，的的确确，得到了许多智慧，不是知识。我轻轻地叹息了好些次。山头夕阳极感动我，水底各色圆石也极感动我，我心中似乎毫无什么渣滓，透明烛照，对河水，对夕阳，对拉船人同船，皆那么爱着，十分温暖地爱着！……我看到小小渔船，载了它的黑色鸬鹚向下流缓缓划去，看到石滩上拉船人的姿势，我皆异常感动且异常爱他们。……三三，我不知为什么，我感动得很！我希望活得长一点，同时把生活完全发展到我自己的这份工作上来。我会用自己的力量，为所谓人生，解释得比任何人皆庄严些与透入些！三三，我看久了水，从水里的石头得到一点平时好像不能得到的东西，对于人生，对于爱憎，仿佛全然与人不同了。我觉得惆怅得很，我总想看得太深太远，对于我自己，便成为受难者了，这时节我软弱得很，因为我爱了世界，爱了人类。三三，倘若我们这时正是两人同在一处，你瞧我眼睛湿到什么样子！

这是一封家书，是写给三三的"专利读物"，不是宣言，用不着装样子，作假，每一句话都是真诚的，可信的。

从这封信，可以理解沈先生为什么要写《边城》，为什么会写得这样美。因为他爱世界，爱人类。

从这里也可以得到对沈从文的全部作品的理解。也许你会觉得这样的解释有点不着边际。不吧。

《边城》激怒了一些理论批评家、文学史家，因为沈从文没有按照他们的要求，他们规定的模式写作。

第一条罪名是《边城》没有写阶级斗争，"掏空了人物的阶级属性"。

是不是所有的作品都要写阶级斗争？

他们认为被掏空阶级属性的人物第一个大概是顺顺。他们主观先验地提高了顺顺的成分，说他是"水上把头"，是"龙头大哥"，是"团总"，恨不能把他划成恶霸地主才好。事实上顺顺只是一个水码头的管事。他有一点财产，财产只有"大小四只船"。他算个什么阶级？他的阶级属性表现在他有向上爬的思想，比如他想和王团总攀亲，不愿意儿子娶一个弄船的孙女，有点嫌贫爱富。但是他毕竟只是个水码头的管事，为人正直公平，德高望重，时常为人排难解纷，这样让人很难把他写得穷凶极恶。

至于顺顺的两个儿子，天保和傩送，"向下行船时，多随了自己的船只充伙计，甘苦与人相共，荡桨时选最重的一把，背纤时拉头纤二纤"，更难说他们是"阶级敌人"。

针对这样的批评，沈从文作了挑战性的答复："你们多知道要作品有'思想'，有'血'有'泪'，且要求一个作品具体表现这些东西到故事发展上，人物言语上，甚至一本书的封面上，目录上。你们要的事多容易办！可是我不能给你们这个。我存心放弃你们……"

第二条罪名，与第一条相关联，是说《边城》写的是一个世外桃源，脱离现实生活。

《边城》是现实主义的还是浪漫主义的？《边城》有没有把现实生活理想化了？这是个非常叫人困惑的问题。

为什么这个小说叫作《边城》？这是个值得想一想的问题。

"边城"不只是一个地理概念，意思不是说这是个边地的小城。这同时是一个时间概念、文化概念。

"边城"是大城市的对立面。这是"中国另外一个地方另外一种事情"（《边城题记》）。沈先生从乡下跑到大城市，对上流社会的腐朽生活，对城里人的"庸俗小气自私市侩"深恶痛绝，这引发了他的乡愁，使他对故乡尚未完全被现代物质文明所摧毁的淳朴民风十分怀念。

便是在湘西，这种古朴的民风也正在消失。沈先生在《长河·题记》中说："一九三四年的冬天，我因事从北平回湘西，由沅水坐船上行，转到家乡凤凰县。去乡已十八年，一入辰河流域，什么都不同了。表面上看来，事事物物自然都有了极大进步，试仔细注意注意，便见出在变化中的堕落趋势。最明显的事，即农村社会所保有的那点正直朴素人情美，几乎快要消失无余，代替而来的却是近二十年实际社会培养成功的一种唯实唯利的人生观。"《边城》所写的那种生活确实存在过，但到《边城》写作时（一九三三年至一九三四年）已经几乎不复存在。《边城》是一个怀旧的作品，一种带着痛惜情绪的怀旧。《边城》是一个温暖的作品，但是后面隐伏着作者很深的悲剧感。

可以说《边城》既是现实主义的，又是浪漫主义的，《边城》的生活是真实的，同时又是理想化了的，这是一种理想化了的现实。

为什么要浪漫主义，为什么要理想化？因为想留驻一点美好的，永恒的东西，让它长在，并且常新，以利于后人。

《从文小说习作选·代序》说：

> 这世界上或有想在沙基或水面上建造崇楼杰阁的人，那可不是我。我只想造希腊小庙。选山地作基础，用坚硬石头

堆砌它。精致，结实，匀称，形体虽小而不纤巧，是我的理想的建筑。这庙里供奉的是"人性"。

我要表现的本是一种"人生的形式"，一种"优美，健康，自然，而又不悖乎人性的人生形式"。

喔！"人性"，这个倒霉的名词！

沈先生对文学的社会功能有他自己的看法，认为好的作品除了使人获得"真美感觉之外，还有一种引人'向善'的力量，……从作品中接触另外一种人生，从这种人生景象中有所启示，对人生或生命能作更深一层的理解"（《小说的作者与读者》）。沈先生的看法"太深太远"。照我看，这是文学功能的最正确的看法。这当然为一些急功近利的理论家所不能接受。

《边城》里最难写，也是写得最成功的人物，是翠翠。翠翠的形象有三个来源。

一个是泸溪县绒线铺的女孩子。

我写《边城》故事时，弄渡船的外孙女，明慧温柔的品性，就从那绒线铺小女孩印象得来。（《湘行散记·老伴》）

一个是在青岛崂山看到的女孩子。

故事上的人物，一面从一年前在青岛崂山北九水看到的一个乡村女子，取得生活的必然……（《水云》）

这个女孩子是死了亲人，戴着孝的。她当时在做什么？据刘一友说，是在"起水"。金介甫说是"告庙"。"起水"是湘西风俗，崂山未必有。"告庙"可能性较大。沈先生在写给三姐的信中提到"报庙"，当即"告庙"。金文是经过翻译的，"报""告"大概是一回事。我听沈先生说，是和三姐在汽车里看到的。当时沈先生对三姐说："这个，我可以帮你写一个小说。"

另一个来源就是师母。

一面就用身边新妇作范本，取得性格上的朴素式样。（《水云》）

但这不是三个印象的简单的拼合，形成的过程要复杂得多。沈先生见过很多这样明慧温柔的乡村女孩子，也写过很多，他的记忆里储存了很多印象，原来是散放着的，崂山那个女孩子只是一个触机，使这些散放印象聚合起来，成了一个完完整整的形象，栩栩如生，什么都不缺。含蕴既久，一朝得之。这是沈先生的长时期的"思乡情结"茹养出来的一颗明珠。

翠翠难写，因为翠翠太小了（还过不了十六吧）。她是那样天真，那样单纯。小说是写翠翠的爱情的。这种爱情是那样纯净，那样超过一切世俗利害关系，那样的非物质。翠翠的爱情有个成长过程。总体上，是可感的，坚定的，但是开头是朦朦胧胧的，飘飘忽忽的。翠翠的爱是一串梦。

翠翠初遇傩送二老，就对二老有个难忘的印象。二老邀翠翠到他家去等爷爷，翠翠以为他是要她上有女人唱歌的楼上去，以为欺侮了她，就轻轻地说："你个背时砍脑壳的！"后来知道那是二老，想起先前骂人的那句话，心里又吃惊又害羞。到家见着祖父，"另一件事，属于自己不关祖父的，却使翠翠沉默了一个夜晚"。

两年后的端午节，祖父和翠翠到城里看龙船，从祖父与长年的谈话里，听明白二老是在下游六百里外青浪滩过的端午。翠翠和祖父在回家的路上走着，忽然停住了发问："爷爷，你的船是不是正在下青浪滩呢？"这说明翠翠的心此时正在飞向谁边。

二老过渡，到翠翠家中做客。二老想走了，翠翠拉船。"翠翠斜睨了客人一眼，见客人正盯着她，便把脸背过去，抿着嘴儿，很自负地拉着那条横缆……""自负"二字极好。

翠翠听到两个女人说闲话，说及王团总要和顺顺打亲家，陪嫁是一座碾坊，又说二老不要碾坊，还说二老欢喜一个撑渡船的……翠翠心想：碾坊陪嫁，稀奇事情咧。这些闲话使翠翠不得不接触到实际问题。

但是翠翠还是在梦里。傩送二老按照老船工所指出的"马路"，夜里去为翠翠唱歌。"翠翠梦中灵魂为一种美妙歌声浮起来，仿佛轻轻地各处飘着；上了白塔，下了菜园，到了船上，又复飞蹿过悬崖半腰，——去做什么呢？摘虎耳草！"这是极美的电影慢镜头，伴以歌声。

事情经过许多曲折。

天保大老走"车路"不通，托人说媒要翠翠不成，驾油船下辰州，掉到茨滩淹坏了。

大雷大雨的夜晚，老船夫死了。

祖父的朋友杨马兵来和翠翠做伴。"因为两个必谈祖父以及这一家有关系的事情，后来便说到了老船夫死前的一切，翠翠因此明白了祖父活时所不提到的许多事，二老的唱歌，顺顺大儿子的死，顺顺父子对祖父的冷淡，中寨人用碾坊作陪嫁妆奁诱惑傩送二老，二老既记忆着哥哥的死亡，且因得不到翠翠理会，又被家中逼着接受那座碾坊，意思还在渡船，因此赌气下行，祖父的死因，又如何与翠翠有关……凡是翠翠不明白的事，如今可都明白了。翠翠把事情弄明后，哭了一个夜晚。"哭了一夜，翠翠长成大人了。迎面而来的，将是什么？

"我平常最会想象好景致，且会描写好景致。"（《湘行集·泊缆子湾》）沈从文对写景可算是一个圣手。《边城》写景处皆十分精彩，使人如同目遇。小说里为什么要写景？景是人物所在的环境，是人物的外化，人物的一部分。景即人。且不说沈从文如何善于写景，只举一例，说明他如何善于写声音、气味："天快夜了，别的雀子似乎都在休息了，只杜鹃叫个不息。石头泥土为白日晒了一整天，到这时节皆放散一种热气。空气中有泥土气味，有草木气味，且有甲虫气味。翠翠看着天上的红云，听着渡口飘来乡生意人的杂乱的声音，心中有些薄薄的凄凉。"有哪一个诗人曾经写过甲虫的气味？

《边城》的结构异常完美。二十一节，一气呵成；而各节又自成起讫，是一首一首圆满的散文诗。这不是长卷，是二十一开连续性的册页。

《边城》的语言是沈从文盛年的语言，最好的语言。既不似初期那样放笔横扫，不加节制；也不似后期那样过事雕琢，流于晦涩。这时期的语言，每一句都"鼓立"饱满，充满水分，酸甜合度，像一篮新摘的烟台玛瑙樱桃。

《边城》，沈从文的小说，究竟应该在文学史上占一个什么地位？

金介甫在《沈从文传》的引言中说："可以设想，非西方国家的评论家包括中国的在内，总有一天会对沈从文作出公正的评价：把沈从文、福楼拜、斯特恩、普罗斯特看成成就相等的作家。"总有一天，这一天什么时候来？

一九九二年十月二日

推荐《孕妇和牛》

为什么要写一个孕妇?

写孕妇的小说我还没有见过。

这篇小说没有故事。就是写一个孕妇和一头牛(也是有孕的)做伴,去逛了一趟集,在回家的路上走。一路上人自在,牛也自在。后来,看见一个白花花的大石牌坊。后来,有一块被城里的粗暴的年轻人推倒的石碑。石碑上刻着字:忠敬诚直勤慎廉明和硕怡贤亲王神道碑。石碑被屁股们磨得很光滑。孕妇在石碑上坐下休息。后来,她向小学生要了一张纸、一支铅笔,把十七个字描了下来。后来,孕妇和牛就回家了。神道碑肯定是有的。铁凝可能在光滑的石碑上坐过。铁凝也可能看到过一个孕妇。她于是坐在石碑上胡思乱想起来。一个大字不识,从来没有拿过笔的农村媳妇能够把这十七个笔画复杂的字照猫画虎地描下来,不大可能。然而铁凝愿意叫小媳妇描下来,为她肚子里的孩子描下来,她硬是描下来了，你管得着吗？

评论家会琢磨：这篇小说写的是什么？

再清楚不过了：写的是向往。或者像小说里明写出来的，"希冀"。或者像你们有学问的人所说的，"憧憬"。或者直截了当地说，写的是幸福。

古人说："穷苦之言易好，欢愉之辞难工。"铁凝能做到"人所难言，我易言之"。这是一篇快乐的小说，温暖的小说，为这个世界祝福的小说。

人们爱用两个字形容铁凝的语言风格，"清新"。我不太喜欢这两个字，因为被人用得太滥了。而且用于这篇小说也不太贴切（《哦，香雪》倒可说是清新）。我找不出合适的字眼来摹状这篇小说。吴语里有一个字：糯，有些近似。曾有一位上海女记者说过我的文章很糯。北方人不能体会这种感觉。吴语区的人是都懂的。上海卖糖炒热白果的小贩吆喝："阿要吃糖炒热白果，香是香来糯是糯"（其实是用铁丝编的小笼，把白果放在里面，在炭火上不停地晃动，烤熟了的，既不放糖，也不是炒）。"糯"只可意会，难以言传。细腻、柔软而有弹性……我也说不清楚。铁凝如果不能体会，什么时候我们到上海去，我买一把烤白果让你尝尝。不过听说上海已经没有卖"糖炒热白果"的了。

我说了半天，等于什么也没有说。也许什么都说了。科罗连柯说过：一个作家谈起另一个作家的小说，只要说"这一篇写得不错"，就够了。我也只要说一句话就够了：我很喜欢这篇小说。

这篇小说"俊得少有"。

一九九三年三月一日

《独坐小品》自序

　　我的孙女两岁多的时候（她现在已经九岁了），大人问她长大了干什么，她说："当作家。"——"什么是作家？"——"在家里坐着呗。"她大概看我老是坐着，故产生这样的"误读"。

　　我家有一对老沙发，还是我岳父手里置的，已经有好几十年，面料换了不止一次，但还能坐。坐在老沙发里和坐在真羊皮面新沙发里感觉有所不同。

　　我不能像王维"独坐幽篁里"那样的潇洒，也不是"今者吾丧我"那样的块然枯坐，坐着，脑子里总会想一点事。东想想，西想想，情绪、思想、形象就会渐渐清晰起来，这就是通常所说的构思。我的儿女们看到我坐在沙发里"直眉瞪眼"，就知道我在琢磨一篇小说。到我考虑成熟了，他们也看得出来，就彼此相告："快点，快点，爸爸有一个蛋要下了，快给他腾个地方！"——我们家在甘家口住的时候，全家五口人只有一张三屉桌，老伴打字，孩子做作业，轮流用这张桌子。到我要下蛋的时候，他们就很自觉地让给我。我的小说大都是这样写出来的。

这二年我写小说较少，散文写得较多。写散文比写小说总要轻松一些，不要那样苦思得直眉瞪眼。但我还是习惯在沙发里坐着，把全文想得成熟了，然后伏案著笔。

这些散文大都是独坐所得，因此此集取名为《独坐小品》。

近二三年散文忽然兴旺起来，报刊发表散文多了，有些刊物每年要发一期散文专号，出版社也愿意出散文集，据说是散文现在走俏，行情好，销得出去，这事有点怪。这是很值得研究的文学现象。

与此有关的还有一种现象，是这些年涌现的散文作家多半是两种人：一是女性作家，一是老人。为什么？

女作家的感情、感觉比较细，比较清新，这是散文写作所需要的。老人写散文的多起来，除了因为"庾信文章老更成"，老年人的文笔比较成熟，比较干净，较自然，少做作，还因为老人阅历多一些，感慨较深，寄兴稍远。另外就是书读得比较多。说得更明白一些，就是老作家的散文比较有文化气息。大部分老作家的散文可以归入"学者散文"一类，有人说散文是老人的文体，这话似有贬义，即有些老作家的散文比较干枯，过于平直，不滋润，少才华。这也是实情。我今亦老矣，当以此为戒。

一九九三年三月二十六日

忙中不及作草

"家贫难办蔬食，忙中不及作草。"我很想杜门谢客，排除杂事，花十天半个月时间，好好地读读阿成的小说，写一篇读后记。但是办不到。岁尾年关，索稿人不断。刚把材料摊开，就有人敲门。好容易想到一点什么，只好打断。杨德华同志已经把阿成的小说编好，等着我这篇序。看来我到明年第一季度也不会消停。只好想到一点说一点。

我是很愿意给阿成写一篇序的。我不觉得这是一件苦事。这是一种享受。并且，我觉得这也是我的一种责任。

我把阿成的小说选稿通读了一遍（有些篇重读过），慨然叹曰：他有扎扎实实的生活！我很羡慕。

我曾经在哈尔滨待过几天。我只知道哈尔滨有条松花江，有一些俄式住宅、东正教的教堂，有个秋林公司，哈尔滨人非常能喝啤酒，爱吃冰棍……

看了阿成的小说，我才知道圈儿里，漂漂女，灰菜屯……我才知道哈尔滨一带是怎么回事。阿成所写的哈尔滨是那样的真实，真实到近乎离奇，好像这是奇风异俗。然而这才是真实的哈尔滨。可以这样说：自有阿成，而后世人始识哈尔滨。——至少对我说来是这样。

一个小说家第一应该有生活，第二是敢写生活，第三是会写生活。

阿成的小说里屡次出现一个人物：作家阿成。这个阿成就是阿成自己。这在别人的小说里是没见过的。为什么要自称"作家阿成"？这说明阿成是十分意识到自己是一个作家，意识到自己作为一个作家的责任：要告诉人真实的生活，不说谎。这是一种严肃的，痛苦入骨的责任感。阿成说作家阿成做得很苦，我相信。

《年关六赋》赢得声誉是应该的。这篇小说写得很完整，很匀称，起止自在，顾盼生姿，几乎无懈可击。这标志着作者的写作技巧已经很成熟，不只是崭露头角而已了。现在的青年作家不但起步高，而且成熟得很快。这是二十世纪五十年代的作家所不能及的。

但是这一集里我最喜欢的两篇是《良娼》和《空坟》。这两篇小说写得很美，是两首抒情诗，读了使人觉得十分温暖（冰天雪地里的温暖）。这是两个多美的女性呀，这是中国的，北国的名姝，是我们这个民族的无价的珠玉。这两个妇女的生活遭遇很不相同，但其心地的光明澄澈则一。

这两篇小说都是散发着浪漫主义的芳香的。因为他对这两个妇女以及其他一些人物怀着很深的爱，他看到她们身上全部的诗意，全部的美，但是阿成没有说谎。这些诗意，这些美，是她们本来有的，不是阿成外加到她们身上的。这是人物的素质，不是作者的愿望。

一个作家能不能算是一个作家，能不能在作家之林中立足，首先决定于他有没有自己的语言，能不能找到一种只属于他自己，和别人迥不相同的语言。阿成追求自己的语言的意识是十分强烈的。

阿成的句子出奇地短。他是我所见到的中国作家里最爱用短句子的。句子短，影响到分段也比较短。这样，就会形成文体的干净，无拖泥带水之病，且能跳荡活泼，富律动，有生气。

谁都看得出来，阿成的语言杂糅了普通话、哈尔滨方言、古语。他在作品中大量地穿插了旧诗词、古文和民歌。有一个问题我还没有琢磨清楚：阿成写的是东北平原，这里有些人唱的都是西北民歌，晋北的、陕北的，阿成大概很喜欢《走西口》这样的西北民歌，读过很多西北民歌。让西北民歌在东北平原上唱，似乎没有不合适。民歌是地域性很强的，但是又有超地域性。这很值得琢磨。

阿成有点"语不惊人死不休"，他用了一些不常见的奇特的字句。这在年轻人是不可避免的，无可厚非。但有一种意见值得参考。宋人范晞文《对床夜语》云：

> 诗用生字，自是一病。苟欲用之，要使一句之意，尽于此字上见工，方为稳帖。

他举出一些唐人诗句中的用字，说：……皆生字也，自下得不觉。

诗文可用奇字生字，但要使人不觉得这是奇字生字，好像这是常见的熟字一样。

阿成的叙述态度可以说是冷峻。他尽量控制自己的感情，不动声色。但有时会喷发出遏止不住的热情。如：

> 宋孝慈上了船，隔着雨，俩人都摆着手。
> 母亲想喊：我怀孕了——汽笛一鸣，雨也颤，江也颤，泪就下来了。

冷和热错综交替，在阿成的很多小说中都能见到。这使他的小说和一些西方现代作家（如海明威）的彻底冷静有所不同。这形成一种特殊的感人力量。这使他的小说具有北方文学的雄劲之气。我觉得这和阿成的热爱民歌是有关系的。

阿成很有幽默感。

《年关六赋》中的老三是诗人，爱谈性，以为"无性与中性，阴性与阳性，阳性与阴性，阴阳二者构成宇宙，宇宇宙宙，阴阴阳阳，公公母母，雄雄雌雌，如此而已"。老三的阴性，在机关工作，是党员，极讨厌老三把业余作家引到家里大谈其性。骂他没出息，不要脸，是流氓教唆犯："准有一天被公安局抓了去，送到玉泉采石场，活活累死你！"

我最近读了几位青年作家（阿成我估计大概四十上下，也还算青年作家），包括我带的三个鲁迅文学院的研究生的作品。他们的作品的写法有的我是熟悉的，有的比较新，我还不大习惯。这提醒我：我已经老了。我渴望再年轻一次。

我对青年作家的评价也许常常会溢美。前年我为一个初露头角的青年作家的小说写了一篇读后感，有一位老作家就说："有这么好吗？"老了，就是老了。文学的希望难道不在青年作家的身上，倒在六七十岁的老人身上吗？"君有奇才我不贫"，老作家对年轻人的态度不只是应该爱护，首先应该是折服。有人不是这样。

在读着阿成和另几位青年作家的作品的过程中，一天清早，迷迷糊糊地做了一个梦，梦见一头骆驼在吃一大堆玫瑰花。一个荒唐的梦。

一九九〇年十二月二十四日

辑四

不乐复如何

《水浒》人物的绰号

——鼓上蚤和拼命三郎

由"旱地忽律"想到《水浒》一百零八将的绰号。

有的绰号是起得很精彩的，很能写出人物的气质风度，很传神，耐人寻味。

如"鼓上蚤时迁"。曾看过一则小资料，跳蚤是世界动物中跳高的绝对冠军，以它的个头和能跳的高度为比例，没有任何动物能赶得上，这是有数据的。当时想把这则资料剪下来，忙乱中丢失了，很可惜。我所以对这则资料感兴趣，是因为当时就想到"鼓上蚤"。跳蚤本来跳得就高，于鼓上跳，鼓有弹性，其高可知。话说回来，谁见过鼓上的跳蚤？给时迁起这个绰号的人的想象力实在令人佩服。

时迁在《水浒》里主要做了三件事：一偷鸡，二盗甲，三火烧翠云楼。偷鸡无足称，虽然这是武丑的开门戏。写得最精彩的是盗甲。时迁是"神偷"型的人物。中国的市民对于神偷是很崇拜的。凡神偷都有共同的特点，除了身轻，手快，一双锐利的眼晴，更重要的是举重若轻，履险如夷，于间不容发之际能从容不迫。《水浒》写盗甲，一步一步，层次分明，交代清楚。甲到手，时迁"悄悄地开了楼门，款款地背着皮匣，下得胡梯，从里面直开到外门来，真是神不知鬼不觉"。"款款地"是不慌不忙的意思，现在山西、张家口还这么说。"款款"下加一"儿"字"款款儿地"，更有韵味。火烧翠云楼是打北京城的一大关目，这两回书都写得不精彩，李卓吾评之曰"不济不济"。时迁放火，写得很马虎。不过我小时看石印本绣像《水浒》，时迁在烈焰腾腾的翠云楼最高一层的檐角倒立着——拿起一把顶，印象还是很深刻的。

时迁在《水浒》里要算个人物，但石碣天书却把他排在地煞星的倒数第二，连白日鼠白胜都在他的前面，后面是毫无作为的"金毛犬段景住"，这实在是委屈了他。

如"拼命三郎石秀"。"拼命"和"三郎"放在一起，便产生一种特殊的意境，产生一种美感。大郎、二郎都不成，就得是三郎。这有什么道理可说呢？大哥笨、二哥憨，只有老三往往是聪明伶俐的。中国语言往往反映出只可意会的、潜在复杂的社会心理。

拼命三郎不只是不怕死，敢拼命，路见不平，拔刀相助，为朋友两肋插刀，更重要的是说他办事脆快，凡事不干则已，干，就干净利落，绝不拖泥带水。这是个工于心计的人，绝不是莽莽撞撞。看他杀胡道，杀海阇黎、杀潘巧云、杀迎儿，莫不经过翔实的调查，周密的安排，刀刀见血，下手无情。这个人给人的印象是未免太狠了一点。

　　石秀上山后无大作为，只是三打祝家庄探路有功，但《水浒》写得也较平淡，倒是昆曲《探庄》给他一个"单出头"的机会。曾见过侯永奎的《探庄》，黑罗帽，黑箭衣，英气勃勃。侯永奎的嗓子奇高而亮，只是有点左，不大挂味，但演石秀，却很对工。

　　　　　　　　　　　　　　一九九〇年八月十四日

《水浒》人物的绰号

——浪子燕青及其他

"浪子燕青"的"浪子"是一个特定概念，指的是风流浪子。张国宝《罗李郎》杂剧："人都道你是浪子，上长街百十样风流事。"此人一出场，但见：

> 六尺以上身材，二十四五年纪，三牙掩口细髯，十分腰细膀阔。……腰间斜插名人扇，鬓畔常簪四季花。

这个"人物赞"描写如画，在《水浒》诸"赞"之中是上乘。

这人是北京土居人氏，自小父母双亡，卢员外家中养的他大。为见他一身雪练也是白肉，卢俊义叫一个高手匠人，与他刺了这一身遍体花绣，却似玉亭柱上铺着软翠。若赛锦体，由你是谁，都输与他。不则一身好花绣，那人更兼吹的、弹的、唱的、舞的，拆白道字，顶真续麻，无有不能，无有不会。亦是说的诸路乡谈，省的诸行百艺的市语。更且一身本事，无人比的：拿着一张川弩，只用三枝短箭，郊外落生，并不放空，箭到物落。晚间入城，少杀也有百十个虫蚁。若赛锦标社，那里利物，管取都是他的。亦且此人百伶百俐，道头知尾，本身姓燕，排行第一，官名单讳个青字，北京城里人口顺，都叫他做"浪子燕青"。

《水浒》里文身绣体的有两个人。一个是史进，一个是燕青。史进刺的是九纹龙，燕青刺的大概是花鸟。"凤凰踏碎玉玲珑，孔雀斜穿花错落。""玉玲珑"是什么，曾有人考证过，结论勉强。一说玉玲珑是复瓣水仙。总之燕青刺的花是相当复杂的。史进的绣体因为后来不常脱膊，再没有展示的机会。燕青在东岳庙和任原相扑，脱得只剩一条熟绢水裤儿，浑身花绣毕露，赢得众人喝彩，着实地出了风头。

《水浒传》对燕青真是不惜笔墨，前后共用了一篇赋体的赞，一段散文的叙述，一首"沁园春"，一篇七言古风，不厌其烦。如此调动一切手段赞美一个人物，在全书中绝无仅有。看来作者对燕青是特别钟爱的。

写相扑一回，章法奇特。前面写得很铺张，从燕青与宋江谈话，到燕青装作货郎担儿，唱山东货郎转调歌，到和李逵投宿住店，到用扁担劈了任原夸口的粉牌，到众人到客店张看燕青，到燕青游玩岱岳庙，到往迎恩桥看任原，到相扑献台的布置，到太守劝阻燕青，到"部署"再度劝阻，一路写来，曲折详尽，及至正面写到相扑交手，只几句话就交代了。起得铺张，收得干净，确是文章高手。相扑原是"说时迟，那时快"的事，动作本身，没有多少好写。但是《水浒》的寥寥数语却写得十分精彩。

> ……任原看看逼将入来，虚将左脚卖个破绽，燕青叫一声"不要来！"任原却待奔他，被燕青去任原左肋下穿将过去。任原性起，急转身又来拿燕青，被燕青虚跃一跃，又在右肋下钻过去。大汉转身，终是不便，三换换得脚步乱了。燕青却抢将入去，右手扭住任原，探左手插入任原交裆，用肩膊顶住他胸脯，把任原直托将起来，头重脚轻，借力便旋四五旋，旋到献台边，叫一声"下去！"把任原头在下脚在上，直撺下献台来，这一扑名叫"鹁鸽旋"，数万香官看了，齐声喝彩。

《容与堂刻本水浒传》于此处行边加了一路密圈，看来李卓吾对这段文字也是很欣赏的。这一段描写实可作为体育记者的范本。

燕青不愧是"浪子"。

《水浒》一百八人多数的绰号并不是很精彩。宋江绰号"呼保义"，不知是什么意思。龚开的画赞称之曰"呼群保义"，近是

"增字解经"。他另有个绰号"及时雨"是个比喻，只是名实不符。宋江并没有在谁遇到困难时给人什么帮助，倒是他老是在危难之际得到别人的解救。"黑旋风李逵"的绰号大概起得较早，元杂剧里就有几出以"黑旋风"为题目的，但这个绰号只是说他爱向人多处排头砍去，又生得黑，也形象，但了无余韵。"霹雳火"只是说这个人性情急躁。"豹子头"我始终不明白是什么意思。倒是"菜园子张青"虽看不出此人有多大能耐，却颇潇洒。

不过《水浒》能把一百八人都安上一个绰号，配备齐全，也不容易。

绰号是特定的历史时期的文学现象和社会现象。其盛行大概在宋以后、明以前，即《水浒传》成书之时。宋以前很少听到。明以后不绝如缕，如《七侠五义》里的"黑狐狸智化"，窦尔墩"人称铁罗汉"，但在演义小说中不那么普遍。从文学表现手段（虽然这是末技）和社会心理，主要是市民心理的角度研究一下绰号，是有意义的。

认识到的和没有认识的自己

    作家需要评论家。作家需要认识自己。"文章千古事，得失寸心知。"但是一个作家对自己为什么写，写了什么，怎么写的，往往不是那么自觉的。经过评论家的点破，才会更清楚。作家认识自己，有几宗好处。一是可以增加自信，我还是写了一点东西的。二是可以比较清醒，知道自己吃几碗干饭，可以心平气和，安分守己，不去和人抢行情，争座位。更重要的，认识自己是为了超越自己，开拓自己，突破自己。我应该还能搞出一点新东西，不能就是这样，磨道里的驴，老围着一个圈子转。认识自己，是为了寻找还没有认识的自己。

    ……

    我写的小说的人和事大都是有一点影子的。有的小说，熟人看了，知道这写的是谁。当然不会一点不走样，总得有些想象和虚构。没有想象和虚构，不成其为文学。纪晓岚是反对小说中加入想象和虚构的。他以为小说里所写的必须是亲眼所见，亲耳所闻：

小说既述见闻，即属叙事，不比戏场关目，随意装点。

他很不赞成蒲松龄，说是：

今嫩昵之词，媟狎之态，细微曲折，摹绘如生。使出自言，似无此理，使出作者代言，则何从而闻见之。

蒲松龄的确喜欢写媟狎之态，而且写得很细微曲折，写多了，令人生厌。但是把这些嫩昵之词、媟狎之态都去了，《聊斋》就剩不下多少东西了。这位纪老先生真是一个迂夫子，那样的忠于见闻，还有什么小说呢？因此他的《阅微草堂笔记》实在没有多大看头。不知道鲁迅为什么对此书评价甚高，以为"叙述复雍容淡雅，天趣盎然"。

想象和虚构的来源，还是生活。一是生活的积累，二是长时期的对生活的思考。接触生活，具有偶然性。我写作的题材几乎都是可遇而不可求的。一个作家发现生活里的某种现象，有所触动，感到其中的某种意义，便会储存在记忆里，可以作为想象的种子。我很同意一位法国心理学家的话：所谓想象，其实不过是记忆的重现与复合。完全没有见过的东西，是无从凭空想象的。其次，更重要的是对生活的思索，长期的，断断续续的思索。井淘三遍吃好水。生活的意义不是一次淘得清的。我有些作品在记忆里存放三四十年。好几篇作品都是一再重写过的。《求雨》的孩子是我在昆明街头亲见的，当时就很感动。他们敲着小锣小鼓所唱的求雨歌：

小小儿童哭哀哀，

撒下秧苗不得栽。

巴望老天下大雨，

乌风暴雨一起来。

　　这不是任何一个作家所能编造得出来的。我曾经写过一篇很短的东西，一篇散文诗，记录了我的感受。前几年我把它改写成一篇小说，加了一个人物，望儿。这样就更具体地表现了中国农村的孩子从小就知道稼穑的艰难，他们用小小的心参与了农田作务，休戚相关。中国的农民从小就是农民，小农民。《职业》原来只写了一个卖椒盐饼子西洋糕的，这个孩子我是非常熟悉的。我改写了几次，始终不满意。到第四次，我才想起先写了文标街上六七种叫卖声音，把"椒盐饼子西洋糕"放在这样背景前面，这样就更苍凉地使人感到人世多苦辛，而对这个孩子过早地失去自由，被职业所固定，感到更大的不平。思索，不是抽象的思索，而是带着对生活的全部感悟，对生活的一角隅、一片段反复审视，从而发现更深邃，更广阔的意义。思索，始终离不开生活。

我是一个极其平常的人。我没有什么深奥独特的思想。年轻时读书很杂。大学时读过尼采、叔本华。我比较喜欢叔本华。后来读过一点萨特，赶时髦而已。我读过一点子部书，有一阵对庄子很迷。但是我感兴趣的是其文章，不是他的思想。我读书总是这样，随意浏览，对于文章，较易吸收；对于内容，不大理会。我大概受儒家思想影响比较大。一个中国人或多或少，总会接受一点儒家的影响。我觉得孔子是个很有人情的人，从《论语》里可以看到一个很有性格的活生生的人。孔子编选了一部《诗经》（删诗），究竟是为了什么？我不认为"国风"和治国平天下有什么关系。编选了这样一部民歌总集，为后代留下这样多的优美的抒情诗，是非常值得感谢的。"国风"到现在依然存在很大的影响，包括它的真纯的感情和回环往复、一唱三叹的形式。《诗经》对许多中国人的性格，产生很广泛的、潜在的作用。"温柔敦厚，诗之教也。"我就是在这样的诗教里长大的。我很奇怪，为什么论孔子的学者从来不把孔子和《诗经》联系起来。

我的小说写的都是普通人，平常事。因为我对这些人事熟悉。

　　　　顿觉眼前生意满，
　　　　须知世上苦人多。

我对笔下的人物是充满同情的。我的小说有一些是写市民层的，我从小生活在一条街道上，接触的便是这些小人物。但是我并不鄙薄他们，我从他们身上发现一些美好的、善良的品行。于是我写了淡泊一生的钓鱼的医生，"涸辙之鲋，相濡以沫"的岁寒三友。我写的人物，有一些是可笑的，但是连这些可笑处也是值得同情的，我对他们的嘲笑不能过于尖刻。我的小说大都带有一点抒情色彩，因此，我曾自称是一个通俗抒情诗人，称我的现实主义为抒情现实主义。我的小说有一些优美的东西，可以使人得到安慰，得到温暖。但是我的小说没有什么深刻的东西。

现实主义在历史上是和浪漫主义相对峙而言的。现代的现实主义的对立面是现代主义。在中国，所谓现代主义，没有自己的东西，只是模仿西方的现代主义。这没有什么不好。

我年轻时受过西方现代主义的影响，也可以说是模仿。后来不再模仿了，因为模仿不了。文化可以互相影响，互相渗透，但是一种文化就是一种文化，没有办法使一种文化和另一种文化完全一样。我在美国几个博物馆看了非洲雕塑，惊奇得不得了。都很怪，可是没有一座不精美。我这才明白为什么有人说法国现代艺术受了非洲艺术很大的影响。我又发现非洲人搞的那些奇怪的雕塑，在他们看来一点也不奇怪。他们以为雕塑本来就应该是这样，只能是这样，他们对世界的认识就是这样。他们并没有先有一个对事物的理智的、现实的认识，然后再去"变形"，扭曲、夸大、压扁、拉长……他们从对事物的认识到对事物的表现是一次完成的。他们表现的，就是他们所认识的。因此，我觉得法国的一些模仿非洲的现代派艺术也是"假"的。法国人不是非洲人。我在几个博物馆看了一些西洋名画的原作，也看了芝加哥、波士顿艺术馆一些中国名画，比如相传宋徽宗摹张萱的《捣练图》。我深深感到东方的——主要是中国的文化和西方文化绝对不是一回事。中国画和西洋画的审美意识完全不同。中国人插花有许多讲究，瓶与花要配称，横斜欹侧，得花之态。有时只有一截干枝，开一朵铁骨红梅。这种趣味，西方人完全不懂。他们只是用一个玻璃瓶，乱哄哄地插了一大把颜色鲜丽的花。中国画里的折枝花卉，西方是没有的。更不用说墨绘的兰竹。毕加索认为中国的书法是伟大的艺术，但是要叫他分别一下王羲之和王献之，他一定说不出所以然。中国文学要全盘西化，搞出"真"现代派，是不可能的。因为你是中国人，你生活在中国文化的传统里，而这种传统是那样的悠久，那样的无往而不在。你要摆脱它，是办不到的。而且，为什么要摆脱呢？

最最无法摆脱的是语言。一个民族文化的最基本的东西是语言。汉字和汉语不是一回事。中国的识字的人，与其说是用汉语思维，不如说用汉字思维。汉字是象形字。形声字的形还是起很大作用。从木的和从水的字会产生不同的图像。汉字又有平上去入，这是西方文字所没有的。中国作家便是用这种古怪的文字写作的，中国作家对于文字的感觉和西方作家很不相同。中国文字有一些十分独特的东西，比如对仗、声调。对仗，是随时会遇到的。有人说某人用这个字，不用另一个意义相同的字，是"为声俊耳"。声"俊"不"俊"，外国人很难体会，但是作为一个中国作家是不能不注意的。

有一个法国记者到家里来采访我。他准备了很多问题。一上来就说："首先我要问你一个你自己很难回答的问题：你认为你在中国文学里的位置是什么？"我想了一想，说："我大概是一个文体家。""文体家"原本不是一个褒词。伟大的作家都不是文体家。这个概念近些年有些变化。现代小说多半很注重文体。过去把文体和内容是分开的，现在很多人认为是一回事。我是较早地意识到二者的一致性的。文体的基础是语言。一个作家应该对语言充满兴趣，对语言很敏感，喜欢听人说话。苏州有个老道士，在人家做道场，斜眼看见桌子下面有一双钉靴，他不动声色，在诵念的经文中加了几句，念给小道士听：

台子底下，

有双钉靴。

拿俚转去，

落雨着着，

也是好格。

这种有板有眼，整整齐齐的语言，听起来非常好笑。如果用平常的散文说出来，就毫无意思。我们应该留意：一句话这样说就很有意思，那样说就没有意思。其次要读一点古文。"熟读唐诗三百首"，还是学诗的好办法。我们作文（写小说式散文）的时候，在写法上常常会受古人的某一篇或某几篇的影响，自觉或不自觉。老舍的《火车》写火车着火后的火势，写得那样铺张，没有若干篇古文烂熟胸中，是办不到的。我写了一篇散文《天山行色》，开头第一句：

所谓南山者，是一片塔松林。

我自己知道，这样的突兀的句法是从龚定庵的《说居庸关》那里来的。《说居庸关》的第一句是：

居庸关者，古之谈守者之言也。

这样的开头，就决定这篇长达一万七千字的散文，处处有点龚定庵的影子，这篇散文可以说是龚定庵体。文体的形成和一个作家的文化修养是有关系的。文学和其他文化现象是相通的。作家应该读一点画，懂得书法。中国的书法是纯粹抽象的艺术，但绝对是艺术。书法有各种书体，有很多家，这些又是非常具体的，可以感觉的。中国古代文人的字大都是写得很好的。李白的字不一定可靠。杜牧的字写得很好。苏轼、秦观、陆游、范成大的字都写得很好。宋人文人里字写得差一点的只有司马光，不过他写的方方正正的楷书也另有一种味道，不俗气。现代作家不一定要能写好毛笔字，但是要能欣赏书法。"我虽不善书，知书莫若我"，经常看看书法，尤其是行草，对于行文的内在气韵，是很有好处的。我是主张"回到民族传统"的，但是并不拒绝外来的影响。多少读了一点翻译作品，不能不受影响，包括思维语言、文体。我的这篇发言的题目，是用汉字写的，但实在不大像一句中国话。我找不到更恰当的语言表达我要说的意思。

我是沈从文先生的学生，有人问我究竟从沈先生那里继承了什么。很难说是继承，只能说我愿意向沈先生学习什么。沈先生逝世后，在他的告别读者和亲友的仪式上，有一位新华社记者问我对沈先生的看法。在那种场合下，不遑深思，我只说了两点。一，沈先生是一个真诚的爱国主义者；二，他是我见到的真正淡泊的作家，这种淡泊不仅是一种"人"的品德，而且是一种"人"的境界。沈先生是爱中国的，爱得很深。我也是爱我们这个国的。"儿不嫌母丑，狗不厌家贫。"正如沈先生所说，在任何情况下，都不应丧失信心。我没有荒谬感、失落感、孤独感。我并不反对荒谬感、失落感、孤独感，但是我觉得我们这样的社会，不具备产生这样多的感的条件。如果为了赢得读者，故意去表现本来没有，或者有也不多的荒谬感、失落感和孤独感，我以为不仅是不负责任，而且是不道德的。文学，应该使人获得生活的信心。淡泊，是人品，也是文品。一个甘于淡泊的作家，才能不去抢行情、争座位；才能真诚地写出自己所感受到的那点生活，不耍花招，不欺骗读者。至于文学上我从沈先生继承了什么，还是让评论家去论说吧。我自己不好说，也说不好。

一九八八年八月十六日

《大淖记事》是怎样写出来的

　　一个作品写出来了，作者要说的话都说了。为什么要写这个作品，这个作品是怎么写出来的，都在里面。再说，也无非是重复，或者说些题外之言。但是有些读者愿意看作者谈自己的作品的文章，——回想一下，我年轻时也喜欢读这样的文章，以为比读评论更有意思，也更实惠，因此，我还是来写一点。

　　大淖是有那么一个地方的。不过，我敢说，这个地方是由我给它正了名的。去年我回到阔别了四十余年的家乡，见到一位初中时期教过我国文的张老师，他还问我："你这个淖字是怎样考证出来的？"我们小时做作文、记日记，常常要提到这个地方，而苦于不知道该怎样写。一般都写作"大脑"，我怀疑之久矣。这地方跟人的大脑有什么关系呢？后来到了张家口坝上，才恍然大悟：这个字原来应该这样写！坝上把大大小小的一片水都叫作"淖儿"。这是蒙古话。坝上蒙古族的人多，很多地名都是蒙古话。后来到内蒙古走过不少叫作"淖儿"的地方，越发证实了我的发现。我的家乡话没有儿化字，所以径称之为淖。至于"大"，是状语。"大淖"是一半汉语，一半蒙语，两结合。我为什么念念不忘地要去考证这个字；为什么在知道"淖"字应该怎么写的时候，心里觉得很高兴呢？是因为我很久以前就想写写大淖这地方的事。如果写成"大脑"，在感情是很不舒服的。——三十多年前我写的一篇小说里提到大淖这个地方，为了躲开这个"脑"字，只好另外改变了一个说法。

我去年回乡，当然要到大淖去看看。我一个人去走了几次。大淖已经几乎完全变样了。一个造纸厂把废水排到这里，淖里是一片铁锈颜色的浊流。我的家人告诉我，我写的那个沙洲现在是一个种鸭场。我对着一片红砖的建筑（我的家乡过去不用红砖，都是青砖），看了一会儿。不过我走过一些依河而筑的不整齐的矮小房屋，一些才可通人的曲巷，觉得还能看到一些当年的痕迹。甚至某一家门前的空气特别清凉，这感觉，和我四十年前走过时也还是一样。

我的一些写旧日家乡的小说发表后，我的乡人问过我的弟弟："你大哥是不是从小带一个本本，到处记？——要不他为什么能记得那么清楚呢？"我当然没有一个小本本。我那时才十几岁，根本没有想到过我日后会写小说。便是现在，我也没有记笔记的习惯。我的笔记本上除了随手抄录一些所看杂书的片段材料外，只偶尔记下一两句只有我自己看得懂的话，—— 一点印象，有时只有一个单独的词。

小时候记得的事是不容易忘记的。

我从小喜欢到处走，东看看，西看看（这一点和我的老师沈从文有点像）。放学回来，一路上有很多东西可看。路过银匠店，我走进去看老银匠在模子上敲打半天，敲出一个用来钉在小孩的虎头帽上的小罗汉。路过画匠店，我歪着脑袋看他们画"家神菩萨"或玻璃油画福禄寿三星。路过竹厂，看竹匠把竹子一头劈成几杈，在火上烤弯，做成一张一张草筢子……多少年来，我还记得从我的家到小学的一路每家店铺、人家的样子。去年回乡，一个亲戚请我喝酒，我还能清清楚楚把他家原来布店的店堂里的格局描绘出来，背得出白色的屏门上用蓝漆写的一副对子。这使他大为惊奇，连说："是的是的。"也许是这种东看看西看看的习惯，使我后来成了一个"作家"。

我经常去"看"的地方之一，是大淖。

大淖的景物，大体就是像我所写的那样。居住在大淖附近的人，看了我的小说，都说"写得很像"。当然，我多少把它美化了一点。比如大淖的东边有许多粪缸（巧云家的门外就有一口很大的粪缸），我写它干什么呢？我这样美化一下，我的家乡人是同意的。我并没有有闻必录，是有所选择的。大淖岸上有一块比通常的碾盘还要大得多的扁圆石头，人们说是"星"——陨石，以与故事无关，我也割爱了（去年回乡，这个"星"已经不知搬到哪里去了）。如果写这个星，就必然要生出好些文章。因为它目标很大，引人注目，结果又与人事毫不相干，岂非"冤"了读者一下？

　　小锡匠那回事是有的。像我这个年龄的人都还记得。我那时还在上小学，听说一个小锡匠因为和一个保安队的兵的"人"要好，被保安队打死了，后来用尿碱救过来了。我跑到出事地点去看，只看见几只尿桶。这地方是平常日子也总有几只尿桶放在那里的，为了集尿，也为了方便行人。我去看了那个"巧云"（我不知道她的真名叫什么），门半掩着，里面很黑，床上坐着一个年轻女人，我没有看清她的模样，只是无端地觉得她很美。过了两天，就看见锡匠们在大街上游行。这些，都给我留下很深的印象，使我很向往。我当时还很小，但我的向往是真实的。我当时还不懂高尚的品质、优美的情操这一套，我有的只是一点向往。这点向往是朦胧的，但也是强烈的。这点向往在我的心里存留了四十多年，终于促使我写了这篇小说。

　　大淖的东头不大像我所写的一样。真实生活里的巧云的父亲也不是挑夫。挑夫聚居的地方不在大淖而在越塘。越塘就在我家的巷子的尽头。我上小学、初中时每天早晨、傍晚都要经过那里。星期天，去钓鱼。暑假时，挟了一个画夹子去写生。这地方我非常熟。挑夫的生活就像我所写的那样。街里的人对挑夫是看不起的，称之为"挑箩把担"的。便是现在，也还有这个说法。但是我真的从小没有对他们轻视过。

　　越塘边有一个姓戴的轿夫，得了血丝虫病，——象腿病。抬轿子的得了这种最不该得的病，就算完了，往后的日子还怎么过呢？他的老婆，我每天都看见，原来是个有点邋遢的女人，头发黄黄的，很少梳得整齐的时候，她大概身体不太好，总不大有精神。丈夫得了这种病，她怎么办呢？有一天我看见她，真是焕然一新！她完全变成了另外一个人，头发梳着光光的，衣服很整齐，显得很挺拔，很精神。尤其使我惊奇的，是她原来还挺好看。她当了挑夫了！一百五十斤的担子挑起来嚓嚓地走，和别的男女挑夫走在一列，比谁也不弱。

这个女人使我很惊奇。经过四十多年，神使鬼差，终于使我把她的品行性格移到我原来所知甚少的巧云身上（挑夫们因此也就搬了家）。这样，原来比较模糊的巧云的形象就比较充实，比较丰满了。

这样，一篇小说就酝酿成熟了。我的向往和惊奇也就有了着落。至于这篇小说是怎样写出来的，那真是说不清，只能说是神差鬼使，像鲁迅所说"思想中有了鬼似的"。我只是坐在沙发里东想想，西想想，想了几天，一切就比较明确起来了，所需用的语言、节奏也就自然形成了。一篇小说已经有在那里，我只要把它抄出来就行了。但是写出来的契因，还是那点向往和那点惊奇。我以为没有那么一点东西是不行的。

各人的写作习惯不一样。有人是一边写一边想，几经改削，然后成篇。我是想得相当成熟了，一气写成。当然在写的过程中对原来所想的还会有所取舍，如刘彦和所说："殆乎篇成，半折心始。"也还会写到那里，涌出一些原来没有想到的细节，所谓"神来之笔"，比如我写到"十一子微微听见一点声音，他睁了睁眼。巧云把一碗尿碱汤灌进了十一子的喉咙"之后，忽然写了一句：

不知道为什么，她自己也尝了一口。

这是我原来没有想到的。只是写到那里，出于感情的需要，我迫切地要写出这一句（写这一句时，我流了眼泪）。我的老师教我们写作，常说"要贴到人物来写"，很多人不懂他这句话。我的这一个细节也许可以给沈先生的话作一注脚。在写作过程要随时紧紧贴着人物，用自己的心，自己的全部感情。什么时候自己的感情贴不住人物，大概人物也就会"走"了，飘了，不具体了。

几个评论家都说我是一个风俗画作家。我自己原来没有想过。我是很爱看风俗画。十六七世纪的荷兰画派的画，日本的浮世绘，中国的货郎图、踏歌图……我都爱看。讲风俗的书，《荆楚岁时记》《东京梦华录》《一岁货声》……我都爱看。我也爱读竹枝词。我以为风俗是一个民族集体创作的生活抒情诗。我的小说里有些风俗画成分，是很自然的。但是不能为写风俗而写风俗。作为小说，写风俗是为了写人。有些风俗，与人的关系不大，尽管它本身很美，也不宜多写。比如大淖这地方放过荷灯，那是很美的。

纸制的荷花，当中安一段浸了桐油的纸捻，点着了，七月十五的夜晚，放到水里，慢慢地漂着，经久不熄，又凄凉又热闹，看的人疑似离开真实生活而进入一种缥缈的梦境。但是我没有把它写入《记事》，——除非我换一个写法，把巧云和十一子的悲喜和放荷灯结合起来，成为故事不可缺少的部分，像沈先生在《边城》里所写的划龙船一样。这本是不待言的事，但我看了一些青年作家写风俗的小说，往往与人物关系不大，所以在这里说一句。

对这篇小说的结构，有两种不同的意见。一种以为前面（不是直接写人物的部分）写得太多，有比例失重之感。另一种意见，以为这篇小说的特点正在其结构，前面写了三节，都是记风土人情，第四节才出现人物。我于此有说焉。我这样写，自己是意识到的。所以一开头着重写环境，是因为"这里的一切和街里不一样"，"这里的人也不一样。他们的生活，他们的风俗，他们的是非标准、伦理道德观念和街里的穿长衣念过'子曰'的人完全不同"。只有在这样的环境里，才有可能出现这样的人和事。有个青年作家说："题目是《大淖记事》，不是《巧云和十一子的故事》，可以这样写。"我倾向同意她的意见。

我的小说的结构并不都是这样的。比如《岁寒三友》，开门见山，上来就写人。我以为短篇小说的结构可以是各式各样的。如果结构都差不多，那也就不成其为结构了。

一九八二年五月二十六日

关于《受戒》

我没有当过和尚。

我的家乡有很多大大小小的庙。我的家乡没有多少名胜风景。我们小时候经常去玩的地方，便是这些庙。我们去看佛像。看释迦牟尼，和他两旁的侍者（有一个侍者岁数很大了，还老那么站着，我常为他不平）。看降龙罗汉、伏虎罗汉、长眉罗汉。看释迦牟尼的背后塑在墙壁上的"海水观音"。观音站在一个鳌鱼的头上，四周都是卷着旋涡的海水。我没有见过海，却从这一壁泥塑上听到了大海的声音。一个中小城市的寺庙，实际上就是一个美术馆。它同时又是一所公园。庙里大都有广庭、大树、高楼。我到现在还记得走上吱吱作响的楼梯，踏着尘土上印着清晰的黄鼠狼足迹的楼板时心里轻微的紧张，记得凭栏一望后的畅快。

我写的那个善因寺是有的。我读初中时，天天从寺边经过。寺里放戒，一天去看几回。

我小时就认识一些和尚。我曾到一个人迹罕至的小庵里，去看过一个戒行严苦的老和尚。他年轻时曾在香炉里烧掉自己的两个指头，自号八指头陀。我见过一些阔和尚，那些大庙里的方丈。他们大都衣履讲究（讲究到令人难以相信），相貌堂堂，谈吐不俗，比县里的许多绅士还显得更有文化。事实上他们就是这个县的文化人。我写的那个石桥是有那么一个人的（名字我给他改了）。他能写能画，画法任伯年，书学吴昌硕，都很有可观。我们还常常走过门外，去看他那个小老婆。长得像一穗兰花。

我也认识一些以念经为职业的普通的和尚。我们家常做法事。我因为是长子，常在法事的开头和当中被叫去磕头；法事完了，在他们脱下袈裟，互道辛苦之后（头一次听见他们互相道"辛苦"，我颇为感动，原来和尚之间也很讲人情，不是那样冷淡），陪他们一起喝粥或者吃挂面。这样我就有机会看怎样布置道场，翻看他们的经卷，听他们敲击法器。对着经本一句一句地听正座唱"叹骷髅"（据说这一段唱词是苏东坡写的）。

我认为和尚也是一种人，他们的生活也是一种生活。凡作为人的七情六欲，他们皆不缺少，只是表现方式不同而已。

一个偶然的机会，我在一个乡下的小巷里住了几个月，就住在小说里所写的"一花一世界"那几间小屋里。庵名我已经忘记了，反正不叫菩提庵。菩提庵是我因为小门上有那样一副对联而给它起的。"一花一世界"，我并不大懂，只是朦朦胧胧地感到一种哲学的美。我那时也就是明海那样的年龄，十七八岁，能懂什么呢。

庵里的人，和他们的日常生活，也就是我所写的那样。明海是没有的。倒是有一个小和尚，人相当蠢，和明海不一样。至于当家和尚拍着板教小和尚念经，则是我亲眼得见。

这个庄是叫庵赵庄。小英子的一家，如我所写的那样。这一家，人特别的勤劳，房屋、用具特别的整齐干净，小英子眉眼的明秀，性格的开放爽朗，身体姿态的优美和健康，都使我留下难忘的印象，和我在城里所见的女孩子不一样。她的全身，都发散着一种青春的气息。

我一直想写写在这小庵里所见到的生活，一直没有写。

怎么会在四十三年之后，在我已经六十岁的时候，忽然会写出这样一篇东西来呢？这是说不明白的。要说明一个作者怎样孕育一篇作品，就像要说明一棵树是怎样开出花来一样的困难。

理智地想一下，因由也是有一些的。

一是在这以前，我曾经忽然心血来潮，想起我在三十二年前写的，久已遗失的一篇旧作《异秉》，提笔重写了一遍。写后，想：是谁规定过，中华人民共和国成立前的生活不能反映呢？既然历史小说都可以写，为什么写写旧社会就不行呢？今天的人，对于今天的生活所从来的那个旧的生活，就不需要再认识认识吗？旧社会的悲哀和苦趣，以及旧社会也不是没有的欢乐，不能给今天的人一点什么吗？这样，我就渐渐回忆起四十三年前的一些旧梦。当然，今天来写旧生活，和我当时的感情不一样，正好同我重写过的《异秉》和三十二年前所写的感情也一定不会一样。四十多年前的事，我是用一个二十世纪八十年代的人的感情来写的。《受戒》的产生，是我这样一个二十世纪八十年代的中国人的各种感情的一个总和。

二是，前几个月，因为我的老师沈从文要编他的小说集，我又一次比较集中，比较系统地读了他的小说。我认为，他的小说，他的小说里的人物，特别是他笔下的那些农村的少女，三三、天天、翠翠，是推动我产生小英子这样一个形象的一种很潜在的因素。这一点，是我后来才意识到的。在写作过程中，一点也没有察觉。大概是有关系的。我是沈先生的学生。我曾问过自己：这篇小说像什么？我觉得，有点像《边城》。

第三，是受了百花齐放的气候的感召。

百花齐放，蔚然成风，使人感到温暖。虽然风的形成是曲曲折折的（这种曲折的过程我不大了解），也许还会乍暖还寒，但是我想不会。我为此，为我们这个国家，感到高兴。

这篇小说写的是什么？我在大体上有了一个设想之后，曾和个别同志谈过。"你为什么要写这样一篇东西呢？"当时我没有回答，只是带着一点激动说："我要写！我一定要把它写得很美，很健康，很有诗意！"写成后，我说：我写的是美，是健康的人性。美，人性，是任何时候都需要的。

人们都说，文艺有三种作用：教育作用、美感作用和认识作用。是的。我承认有的作品有更深刻或更明显的教育意义。但是我希望不要把美感作用和教育作用截然分开甚至对立起来，不要把教育作用看得太狭窄（我历来不赞成单纯娱乐性的文艺这种提法），那样就会导致题材的单调。美感作用同时也是一种教育作用。美育嘛。这二年重提美育，我认为是很有必要的。这是医治民族的创伤，提高青年品德的一个很重要的措施。我们的青年应该生活得更充实，更优美，更高尚。我甚至相信，一个真正能欣赏齐白石和柴可夫斯基的青年，不大会成为一个打砸抢分子。

我的作品的内在的情绪是欢乐的。我们有过各种创伤，但是我们今天应该快乐。一个作家，有责任给予人们一分快乐，尤其是今天（请不要误会，我并不反对写悲惨的故事）。我在写出这个作品之后，原本也是有顾虑的。我说过：发表这样的作品是需要勇气的。但是我到底还是拿出来了，我还有一点自信。我相信我的作品是健康的，是引人向上的，是可以增加人对于生活的信心的，这至少是我的希望。

也许会适得其反。

我们当然是需要有战斗性的、描写具有丰富人性的现代英雄的、深刻而尖锐地揭示社会的病痛并引起疗救的悲壮、宏伟的作品。悲剧总要比喜剧更高一些。我的作品不是，也不可能成为主流。

我从来没有说过关于自己作品的话。一个不长的短篇，也没有多少可说的话。《小说选刊》的编者要我写几句关于《受戒》的话，我就写了这样一些。写得不短，而且那样的直率，大概我的性格在变。

很多人的性格都在变。这好。

八仙

我的老师浦江清先生（他教过我散曲）写过一篇《八仙考》。这是国内讲八仙的最完备的一篇文章。本文材料都是从浦先生的文章里取来的，可以说是浦先生文章的一个缩写本。所以要缩写，是我对八仙一直很有兴趣，而见到浦先生文章的人又不很多。当然也会间出己意，说一点我的看法。

小时候到一个亲戚家去拜寿，是这家的老太爷的整生日，很热闹，寿堂布置得很辉煌。最使我发生兴趣的，是供桌上一堂"八仙人"。泥塑的头，衣服是绢制的，真是栩栩如生，好看极了。我看了又看，舍不得离开。

八仙的形成大概在宋元之际。最初好像出现在戏曲里。元人杂剧如马致远《吕洞宾三醉岳阳楼》、谷子敬《吕洞宾三度城南柳》、岳伯川《吕洞宾度铁拐李岳》、范子安《陈季卿误上竹叶舟》，都提到八仙，只是八仙的名单与后世稍有出入。明初的周宪王《诚斋杂剧》中《群仙庆寿蟠桃会》第四折毛女唱：

（水仙子）这个是吕洞宾手把太阿携。这个是蓝采和身穿绿道衣。这个是汉钟离头挽双髽髻。这个是曹国舅拿着笊篱。这个是韩湘子将造化能移。这个是白髭髯唐张果。这个是皂罗衫铁拐李。这个是徐神翁喜笑微微。

除了缺一名何仙姑（多了一位徐神翁），与今天流传的已无区别。稍后，八仙出现在绘画里。王世贞《题八仙像后》云："八仙者，钟离、李、吕、张、蓝、韩、曹、何也。不知其会所由始，亦不知其画所由始。余所睹仙迹及图史亦详矣，凡元以前无一笔，而我明如冷起敬、吴伟、杜堇稍有名矣亦未尝及之。"更后，八仙就成为工艺美术的重要题材，凡瓷器、木雕、漆画、泥塑、面人、刺绣、剪纸，无不有八仙。不但八仙的形象为人熟悉，就是他们所持的"道具"，大家也都一望就知道：汉钟离的芭蕉扇、吕洞宾的宝剑、张果老的渔鼓简板、韩湘子的笛子、蓝采和的花篮、何仙姑的荷花、铁拐李的葫芦、曹国舅的拍板。这八样东西成了八位仙人的代表。这在工艺上有个专用名称，叫作"小八仙"。"小八仙"往往用飘舞的绸带装饰，这样才好看，也才有仙意。我曾在内蒙古的一个喇嘛庙的墙壁上看到堆塑出来的"小八仙"，这使我很为惊奇了：八仙和喇嘛教有什么关系呢？后来一想：大概修庙的工匠是汉人，他就不管三七二十一，把他所熟悉的装饰图样安到喇嘛庙的墙上来了。喇嘛们也不知道这是什么东西，糊里糊涂地就接受了。于此可见八仙影响之广。中国人不认得八仙的大概很少。"八仙过海，各显其能""一个人唱不了《八仙庆寿》"已经成为家喻户晓的民间俗话。如果没有八仙，中国的民间工艺就会缺了一大块，中国人的精神生活也会缺了一块。

八仙是一个仙人集体，一个八人小组。但是他们之间其实没有多大关系。他们不是一个时代，也不是一个地方的人。他们不是一同成仙得道的。他们有个别的人有师承关系，如汉钟离和吕洞宾，吕洞宾和铁拐李，大多数并没有。比如何仙姑和韩湘子，可以说毫不相干。不知道这八位是怎样凑到一起的。因此，像王世贞那样有学问的人，也"不知其会所由始"。

这八位，原来都是单个的仙人。

张果老比较实在，大概曾经有这样一个人，其人见于正史，是唐玄宗时人，隐于中条山，应明皇诏入朝，道号通玄先生。《旧唐书》《新唐书》皆入方士传。但是所录亦已异常。他的著名故事是骑驴。他乘一白驴，日行万里，休则折叠之，其厚如纸，置于巾箱中，乘则以水噀之，还成驴矣。这怎么可能呢？然而，它分明写在"正史"里！大概唐玄宗好道，于是许多奇奇怪怪、不近情理的事，虽史臣也不得不相信。这以后，张果老和驴遂分不开了。单幅的张果画像，大都骑驴。若是八仙群像，他大都是地下走，因为画驴太占地方。别人都走着，他骑驴，未免特殊化。单幅画张果老，往往画他倒骑毛驴。这实在是民间的一大创造。毛驴倒骑，咋走呢？这大概是有寓意的。倒骑，表示来去无定向，任凭毛驴随意地走，走到哪里算哪里，这样显出仙人的洒脱；另外，倒骑，是向后看。不看前而看后，有一点哲学的意味了。总之，张果老倒骑毛驴是可以使老百姓失笑，并且有所解悟的。至于此老何时从赵州桥上走过，并在桥石上留下一串驴蹄的印迹，则不可考。"张果老骑驴桥上走"，《小放牛》的歌声传唱了有多少年了？

八仙里最出风头的是吕洞宾。吕洞宾据说名岩，大概是残唐五代时的人，读过书，屡举进士不第，后来学了道。元曲里关于他的仙迹特多，大都是度人。他后来，到了元朝，被王重阳创立的全真教（全真教为道教的一派，即北京的白云观邱处机所信奉的那一派）奉为宗师，地位很高了。不少地方都有他的专祠。山西的永乐宫就是他的专祠之一。著名的永乐宫壁画，画的就是此公的事迹。他俨然成了八人小组的小组长。他的出名是在岳州，即今岳阳。岳阳楼挹洞庭之胜，加以范仲淹作记，名重天下。"先天下之忧而忧，后天下之乐而乐"，千古名句。于是有人造出仙迹，说是吕洞宾曾在城南古寺留诗。诗共两首，被人传诵的是：

朝游鄂渚暮苍梧，

袖有青蛇胆气粗。

三醉岳阳人不识，

朗吟飞过洞庭湖。

诗写得真不赖，于仙风道骨之中含豪侠之气。但也有人怀疑这是江湖间人乘醉而作的奇纵之笔，未必真是仙迹。他的出名和汤显祖的《邯郸梦》很有关系。《三醉》一折慷慨淋漓，声容并茂，是冠生的名曲。民间流传他曾三戏白牡丹，在他的形象上加了一笔放荡的色彩。总之，他是一位风流倜傥的仙人，很有诗人气质。他的诗人气质是为老百姓所理解的，并且是欣赏的。

何仙姑一说是广州增城人，一说是永州人，总之是南方人，——她和张果老交谈大概是相当费事的。十四五岁时梦见神人教她食云母粉，一说是遇到仙人给了她枣子吃，一说是给了她桃子吃，于是"不饥无漏"。既不要吃东西，又不用解大小便，实在是省事得很。一说给她桃子吃的就是吕洞宾。她的本事只是能"言人休咎"。没有什么稀奇。她的出名和汤显祖也是有关系的。汤显祖《邯郸梦》写吕洞宾度卢生，即有名的"黄粱梦"故事。吕度卢生，事出有因。东华帝君敕修蓬莱山门，门外蟠桃一株，时有浩劫罡风，等闲吹落花片，塞碍天门。先是，吕洞宾度得何仙姑在天门扫花，后奉帝君旨，何姑证入仙班，需再找一人，接替何姑扫花之役，吕洞宾这才往赤县神州去度卢生。何仙姑扫花，纯粹是汤显祖想象出来的，以前没有人这样说过。不过《扫花》一折，词曲俱美，于是便流传开了。何仙姑送吕洞宾下凡，叮叮嘱咐，叫他早些回来，使人感到有一种说不出来的感情。"错教人遗恨碧桃花"，这说的是什么呢？腔也很软，很绵缠的。

汉钟离说不清是汉朝人还是唐朝人。一般都说他复姓钟离，名权。他是个大汉，梳着两个鬌髻，"虬髯蓬鬓，眣睨物表"，相貌长得很不错。据说他会写字，写的字当然是龙飞凤舞，飘飘然很有仙人风度。他不知怎么在全真教的系统上变为东华帝君的大弟子，纯阳吕真人之师。到元世祖至元六年封赠"正阳开悟传道真君"，元武宗至大元年加赠"正阳开悟垂教帝君"，头衔极阔。但是实际上他并无任何事迹可传。他为什么拿一把芭蕉扇？大概是因为他块儿大，怕热。

现在画里的蓝采和是个小孩子，很秀气，在戏里是用旦角扮的，以致赵瓯北竟以为他是女的，这实在是一大误会。他的事迹最早见于沈汾的《续仙传》。沈氏原传略云："蓝采和，不知何许人也。常衣破蓝衫，六銙黑木腰带，阔三寸余，一脚着靴，一脚跣行。夏则衫内加絮，冬则卧于雪中，气出如蒸。每行歌于城市乞索，持大拍板，长三尺余。……行则振靴，言曰：'踏踏歌，蓝采和，世界能几何？红颜一春树，流年一掷梭！古人混混去不返，今人纷纷来更多。朝骑鸾凤到碧落，暮见桑田生白波。长景明晖在空际，金银宫阙高嵯峨。'"大概此人本是一个行歌的乞者。他用"踏踏歌，蓝采和"作为歌曲的开头，是可能的。"蓝采和"是没有意义的泛声，类似近世的"呀呼嗨"。沈汾所录歌词一看就是文人的手笔。浦先生说："好事者目为神仙，文人足成乐府"，极有见地。此人的相貌装束原本是相当邋遢的，后来不知怎么变俊了。他的大拍板也借给别人了，却给他手里塞了一个花篮。为什么派给他一个花篮，大概后人以为他姓蓝或篮，正如让何仙姑手执一朵荷花一样。

八仙里铁拐李的形象最为奇特。他架着单拐，是个跛子。他的来历有两种说法。元人杂剧以为他本姓岳，名寿，在郑州做都孔目，因忤韩魏公惊死，吕洞宾使他借李屠的尸首还了魂，度登仙箓。《东游记》则说他姓李名玄，得道以后，离魄朝山，命他的徒弟守尸，说明七天回来，而其徒守到第六天，母亲病了，他要回家，就把李玄的尸首焚化了。李玄没法，只好借一饿殍还魂。总之，他原来不是这模样。现在的铁拐李具有二重性：别人的躯壳，他的灵魂。一个人借了别人的躯体而生活着，这将如何适应呢，实在是难以想象。

又有一说，他本来就跛，他姓刘。赵道一《历世真仙体道通鉴》有其传，略云："刘跛子者，青州人也，挂一拐，每岁必一至洛中看花。……陈莹中甚爱之，作长短句赠之曰：'槁木形骸，浮云身世，一年两到京华。又还乘兴，闲看洛阳花。闻道鞓红最好，春归后，终委泥沙。忘言处，花开花谢，不似我生涯。年华，留不住，饥餐困卧，触处为家。这一轮明月，本自无瑕。随分冬裘夏葛，都不会赤火黄芽。谁知我，春风一拐，谈笑有丹砂。'""春风一拐"，大是妙语！至于他怎么又姓了李呢，那就不晓得了。吁，神仙之事，难言之矣！

韩湘子是韩愈的侄子或侄孙。他的奇迹是"能开顷刻花"。他曾当着韩愈，取土以盆覆之，良久花开，乃碧花二朵，似牡丹差大，于花间拥出金字一联云："云横秦岭家何在，雪拥蓝关马不前。"韩愈不解是什么意思。后来，韩愈以谏佛骨事贬潮州，一日途中遇雪，有一人冒雪而来，乃湘子也。湘子说："还记得花上句么，就是说的今天的事。"韩愈问这是什么地方，正是蓝关。韩文公嗟叹久之，说："我给你把诗补全了吧！"诗曰："一封朝奏九重天，夕贬潮州路八千。欲为圣明除弊事，肯将衰朽惜残年！云横秦岭家何在？雪拥蓝关马不前。知汝远来应有意，好收吾骨瘴江边。"

元曲里有《蓝关记》。大概此类剧本还不少。韩文公是被韩湘子度脱的。韩愈一生辟佛，也不会信道，说他得度，实在冤枉。此类剧本，未免唐突先贤，因此臧晋叔的《元曲选》里不收。

八仙里顶不起眼的，是曹国舅。他几乎连一个名字都没有。有人查出，他大概叫曹佾。因为他是宋朝人，宋朝当国舅的只有这么一个曹佾。但是老百姓并不知道，多数老百姓连这个"佾"字也未必认识（这个字字形很怪）！他有什么事迹么？没有的。只知道"美仪度"，手里拿一个笊篱，化钱度日。用笊篱化钱，不知有什么讲究。除了曹国舅，别人好像没有这样干过。笊篱这东西和仙人实在有点"不搭界"，拿在手里也不大好看，南方人甚至有人不知道这是啥物事，于是便把蓝采和的大拍板借给他了，于是他便一天到晚唱曲子，蛮写意。

八仙的形象为什么流传得这样广？

八仙的形成与戏曲是有关系的。元代盛行全真教，全真教几乎成了国教。元曲里有"神仙道化"一科，这自然是受了全真教的影响。八仙和全真教的关系是密切的（吕洞宾、汉钟离都是祖师），但又不是十分密切。传说中的八仙故事和全真教的教义——以"澄心定意、抱元守一、存神固气"为"真功"，"济贫拔苦、先人后己、与物无私"为"真行"，实在说不上有多少内在的联系。对八仙有感情的人未必相信全真教。在全真教已经不很盛行的时候，八仙的形象也并没有失去光彩。这恐另有原因在。

原来，这和祝寿是很有关系的。中国人的生活理想很重要的一条是长寿——不死。中国人是现实的，他们原来不相信天国，也不信来生，他们只愿意在现世界里多活一些时候，最好永远地活下去。理想的人物便是八仙。八仙有一个特点，即他们都是"地仙"，即活在地面上的神仙，也就是死不了的活人。他们是不死的，因此请他们来为生人祝寿，实在是最合适不过。八仙戏和庆寿关系很密切。胡应麟《少室山房笔丛》考八仙云："今所见庆寿词尚是元人旧本。"周宪王编过两本庆寿剧。其《瑶池会八仙庆寿》第四折吕洞宾唱：

（水仙子）汉钟离遥献紫琼钩。张果老高擎千岁韭。蓝采和漫舞长衫袖。捧寿面的是曹国舅。岳孔目这铁拐拄护得千秋。献牡丹的是韩湘子。进灵丹的是徐信守。贫道啊，满捧着玉液金瓯。

这唱的是给王母娘娘祝寿，实际上是给这一家办生日的"寿星"祝寿。我的那家亲戚的寿堂供桌上摆设着八仙人，其意义正是如此。

活得长久，当然很好。但如果活得很辛苦，那也没有多大意思，成了"活受"。必须活得很自在，那才好。谁最自在？神仙。"自在神仙"，"神仙"和"自在"几乎成了同义语。你瞧瞧八仙，那多自在啊！他们不用种地，不用推车挑担，也不用买卖经商，云里来，雾里去，扇扇芭蕉扇，唱唱曲子，吹吹笛子，耍耍花篮……他们不忧米盐，只要吃点鲜果，而且可以"不饥无漏"，嘿，那叫一个美，真是"神仙过的日子"！咱们凡人怎么能到得这一步呀！我说：八仙是我们这个劳苦的民族对于逍遥的生活的一种缥缈的向往。我们的民族太苦了啊，你能不许他们有一点希望吗？我每当看到陕北剪纸里的吕洞宾或铁拐李，总是很感动。陕北呀，多苦呀，然而他们向往着神仙。因此，我不认为八仙在我们的民族心理上是一个消极的因素。

八仙何以是这八位？这没有什么道理可讲。中国人对数字有一种神秘观念，八是成数，即多数。以八聚人，是中国人的习惯。

陶渊明《圣贤群辅录》列举了很多"八"，八这个，八那个。古代的道教里大概就有八仙。四川有"蜀八仙"。杜甫有《饮中八仙歌》。既云"饮中八仙"，当还有另外的八仙。到了元朝以后，因为已经有了这几位仙人的单独的故事流传，数一数，够八个了，便把他们组织了起来。把他们组织在一起，是为了画面的好看，王世贞《题八仙像后》云："意或庸妄画工，合委巷丛俚之谈，以是八公者，老则张，少则蓝、韩，将则钟离，书生则吕，贵则曹，病则李，妇女则何，为各据一端作滑稽观耶！""各据一端作滑稽观"，这揣测是近情理的。这八个人形象不同，放在一起，才能互相配衬，相得益彰。王世贞说这是"庸妄画工"搞出来的。"庸妄画工"，说得很不客气。但这是民间艺人的创造，则似可信。这组群像不大像是画院的待诏们的构思。也许这最初是戏曲演员弄出来的，为了找到各自不同的扮相。八仙究竟是先出现于戏曲中，还是先出现于民间绘画中呢？这不好说。我倾向于先出现于戏曲中。不过，他们后来成为工艺美术的重要题材，戏曲里反而不多见了，则是事实。

八仙在美术上的价值似不如罗汉。除了张果老、吕洞宾、铁拐李，个性都不很突出。其中最值得注意的是铁拐李。宋元人画单幅的仙人图以画铁拐李的为多，他的形象实在很奇特：浓眉，大眼，大鼻子，秃头，脑后有鬈发，下巴上长了一丛乱七八糟的连鬓胡子，驼背，赤足，架着一支拐，胳臂和腿部的肌肉都很粗壮，长了很多黑毛，手指头脚趾头都很发达。他常常背了一个大葫芦，葫芦口冒出一股白气，白气里飞着几只红蝙蝠，他便瞪大了眼睛瞧着这几只蝙蝠。他是那样丑，又那样美；那样怪，又那样有人情。中国的神、仙、佛里有几个是很丑而怪的。铁拐李和罗汉里的宾头卢尊者、钟馗以及后来的济公，属于一类。以丑为美，以怪为美，这在中国人的审美观念里是一个值得研究的现象。

一九八五年八月十八日

贾似道之死

——老学闲抄

　　到漳州，除了想买几头水仙花，还想去看看木棉庵。木棉庵离漳州市不远，汽车很快就到了。庵就在公路旁边，由漳州至福州，此为必经之地，用不着专程跑去看。木棉庵是个极小的庵。门开着，随便进出，无人管理。矮佛一尊，佛前一只瓦香炉，空的。殿上无钟磬，庭前有衰草，荒荒凉凉。庵当是后建的，南宋末年，想不是这样，应当是个颇大的去处。庵外土坡上，有碑两通，高过人，大字深刻："郑虎臣诛贾似道于此。"两碑都是一样，字体亦相类。碑阴无字，于贾似道、郑虎臣事皆无记述。

　　我对贾似道所知甚少，只知道他是一个荒唐透顶的误国奸相。他在元人大兵压境，国家危如累卵的时候，还在葛岭赐第的半闲堂里斗蟋蟀。很多人知道贾似道，是因为看了《红梅阁》（川剧、秦腔、昆曲和京剧）。通过李慧娘这个复仇的女鬼的形象，使人对贾似道的专横残忍留下深刻的印象。但《红梅阁》是虚构的传奇。年轻时看过《古今小说》里的《木棉庵郑虎臣报冤》，隔了五十年，印象已淡；而且看的时候就以为这是小说家言，不足为据，不相信它有什么史料价值。近读元人蒋正子《山房随笔》，并取《木棉庵郑虎臣报冤》相对照，发现两者记贾似道事基本相同。这位蒋正子不知道为什么对贾似道那么感兴趣，《山房随笔》只是薄薄的一册，最后的三大段倒都是有关贾似道的。我对蒋正子一无所知，但看来《山房随笔》是严肃的书，不是信口开河，成书距南宋末年当不甚远，有一段注明："季一山阉为郡学正，为余道之。"非得之道听途说，当可信。于是，我对《木棉庵郑虎臣报冤》就另眼相看起来。

贾似道是宋理宗贾贵妃的兄弟，历仕理宗、度宗、恭帝三朝，位极人臣，恶迹至多，不可胜数，自有《宋史》可查。他的最主要的罪恶是隐匿军情，出师溃败，断送了南宋最后一点残山剩水，造成亡国。

蒙古主蒙哥南侵，屯合州，遣忽必烈围鄂州、襄阳。湖北势危，枢密院一日接到三道告急文书，朝野震惊，理宗乃以贾似道兼枢密使京湖宣抚大使，进师汉阳，以解鄂州之围。贾似道不得已拜命。师次汉阳，蒙古攻城甚急，鄂州将破，贾似道丧胆，乃密遣心腹诣蒙古营中，求其退师，许以称臣纳贝。忽必烈不许。

会蒙古主蒙哥死于合州，忽必烈急于奔丧即位，遂许贾似道和议。约成，拔寨北归。鄂州围解，贾似道将称臣纳币一手遮瞒，上表夸张鄂州之功。理宗亦以贾似道功同再造，下诏褒美。

元军一时未即南下，南宋小朝廷暂得晏安。贾似道以中兴功臣自居，日夕优游湖上，门客作词颂美者以千计。陆景思词中称之为"上天将相，平地神仙"。

理宗传位度宗，加似道太师，封魏国公，许以十日一朝，大小朝政皆于私第裁决。平章私第，成了宰相衙门。

度宗在位十年，卒，赵㬎继位，是为恭帝。恭帝是个懦弱的小皇帝。在位仅仅两年，凡事离不开贾似道。元军分兵南下，襄、邓、淮、扬，处处告急。贾似道遮瞒不过，只得奏闻。恭帝对似道说："元兵逼近，非师相亲行不可。"于是下诏，以贾似道都督诸路军马。贾似道上表出师，声势倒是很大。其时樊城陷，鄂州破，元军乘势破了池州，贾似道不敢进前，次于鲁港。部将逃的逃，死的死，诸军已溃，战守俱难，贾似道走入扬州城中，托病不出。宋室之亡，关键实在鲁港一战。

一时朝议，以为贾似道丧师误国、乞族诛以谢天下，御史交章劾奏，恭帝醒悟，乃下诏暴其罪，略云：

大臣具四海之瞻，罪莫大于误国；都督专阃外之寄，律尤重于丧师。具官贾似道，小才无取，大道未闻。历相两朝，曾无一善。变田制以伤国本[1]，立士籍以阻人才[2]。匿边信而不闻，旷战功而不举。至于寇逼，方议师征，谓当缨冠而疾趋，何为抱头而鼠窜？遂致三军解体，百将离心，社稷之势缀旒，臣民之言切齿。姑示薄罚，俾尔奉祠。呜呼！膺狄惩荆，无复周公之望；放兜殛鲧，尚宽《虞典》之诛。可罢平章军马重事及都督诸路军马。

这篇诏令见于《古今小说》，但看来是可靠的。诏令写得四平八稳，对贾似道的罪恶概括得很全面。这样典重合体的四六，也不是一般书会先生所能措手的。

贾似道罢相，朝议以为罪不止此，台史交奏，都以为似道该杀。恭帝柔弱，念似道是三朝元老，不但没有"族诛"，对似道也未加刑，只是谪为高州团练副使，仍命于循州安置。"安置"一词，意思含混。如此发落，实在过轻。

宋制，大臣安置远州，都有个监押官。监押贾似道的，是郑虎臣。郑虎臣的确定，《木棉庵郑虎臣报冤》与《山房随笔》微有不同。《郑虎臣报冤》云："朝议斟酌个监押官，须得有力量的，有手段的，又要平日有怨隙的，方才用得"，只云"朝议"；《随

---

① 凡有田者，皆须验契，查勘来历，质对四至，稍有不合，没入其田；又丈量田地尺寸，如是有余，即为隐匿，亦没入。没人田产，不知其数，一时骚然。

② 似道极恨秀才，凡秀才应举，须亲书详细履历。又密令亲信查访，凡有词华文采者，皆疑其造言生谤，寻其过误，皆加黜落。

笔》则具体举出"陈静观诸公欲置之死地,遂寻其平日极仇者监押"。郑虎臣和贾似道有什么仇?《随笔》云:"武学生郑虎臣登科,(似道)辄以罪配之。"《郑虎臣报冤》则说:"此人乃太学生郑隆之子,郑隆被似道黥配而死。"至于郑虎臣请行,出于自愿,是一致的。——循州路远(在今广东惠州市东),本不是一趟好差事。

郑虎臣官职不高,只是新假的武功大夫,但他是"天使",路上一切他说了算。贾似道一路备受凌辱,苦不堪言,《郑虎臣报冤》有较详细的记载。到了漳州,漳州太守赵介如(此从《山房随笔》,《郑虎臣报冤》作赵分如),本是贾似道的门下客,设宴款待郑虎臣及贾似道。

《随笔》云:"似道遂坐于下。"《报冤》云:"只得另设一席于别室,使通判陪侍似道。"细节不同,似以《报冤》说较合理。赵介如察虎臣有杀贾意,劝虎臣要杀不如趁早,免得似道活受罪。《郑虎臣报冤》云:

　　饮酒中间,分如察虎臣口气,衔恨颇深,乃假意问道:"天使今日押团练至此,想无生理,何不叫他速死,免受蒿恼,却不干净?"

《山房随笔》则云:

介如察其有杀贾意，命馆人启郑，且以辞挑之……其馆
人语郑云："天使今日押练使至此，度必无生理，曷若令速
殒，免受许多苦恼。"

两相比较，《随笔》似更近情，这样的话哪能在酒席上当面直
说，有一个中间人（馆人）传话，便婉转得多。
郑虎臣的回答，《报冤》云：

虎臣笑道："便是这恶物事，偏受得许多苦恼，要他好死
却不肯死。"

《随笔》云：

便是这物事，受得这苦，欲死而不死。

《随笔》较简练，也更像宋朝人的语气。《报冤》"虎臣笑
道"，"笑道"颇无道理，为何而笑？
贾似道原是想服毒自杀的。《随笔》云：

虎臣一路凌辱，至漳州木棉庵病泄泻。踞虎子，欲绝。
虎臣知其服脑子求死。

《郑虎臣报冤》写得较细致：

> 似道自分必死，身边藏有冰脑一包，因洗脸，就掬水吞之。觉腹中痛极，讨个虎子坐下，看看命绝。

脑子、冰脑，即冰片，是龙脑树干分泌的香料，过去常掺入香末同烧，"瑞脑销金兽"便是指的这东西。中药铺以微量入丸散，治疮疖有效，多吃了，是会致命的。

似道服毒后，还是叫郑虎臣打死的。《郑虎臣报冤》：

> 虎臣料他服毒，乃骂道："奸贼，奸贼，百万生灵死于汝手，汝延捱许多路程，却要自死，到今日老爷偏不容你！"将大槌连头连脑打下二三十，打得稀烂，呜呼死了。

这未免有点小说的渲染，《随笔》只两句话，反倒干脆：

> 乃云："好教作只恁地死！"遂趯数下而殂。

《木棉庵郑虎臣报冤》应该说是历史小说，严格意义的历史小说。是小说，当然会有些虚构，有些想象之词，但检对《山房随笔》，觉得其主要情节都是有根据的。其立意也是严肃的：以垂炯戒。这和《拗相公饮恨半山堂》的存有偏见,《苏小妹三难新郎》纯为娱乐,随意杜撰,是很不相同的。现在许多写历史题材的作品,尤其是电视剧,简直是瞎编,如写李太白与杨贵妃恋爱,就更不像话了。我觉得《木棉庵郑虎臣报冤》是短篇历史小说的一个典范:材料力求有据,写得也并非不生动。今天写历史题材的作品仍可取法。这,就是我写这篇文章的目的。

沈从文转业之谜

　　沈先生忽然改了行。他的一生分成了两截。一九四九年以前，他是作家，写了四十多本小说和散文；一九四九年以后，他变成了一个文物研究专家，写了一些关于文物的书，其中最重大（真是又重又大）的一本是《中国古代服饰研究》。近十年，沈先生的文学作品重新引起注意，尤其是青年当中，形成了"沈从文热"。一些读了他的小说的年轻读者觉得非常奇怪：他为什么不再写了呢？国外有些研究中国现代文学的学者也为之大惑不解。我是知道一点内情的，但也说不出个究竟。在他改行之初，我曾经担心他能不能在文物研究上搞出一个名堂，因为从我和他的接触（比如讲课）中，我觉得他缺乏"科学头脑"。后来发现他"另有一功"，能把抒情气质和科学条理完美地结合起来，搞出了成绩，我松了一口气，觉得"这样也好"。我就不大去想他的转业的事了。沈先生去世后，沈虎雏整理沈先生遗留下来的稿件、信件。我因为刊物约稿，想起沈先生改行的事，要找虎雏谈谈。我爱人打电话给三姐（师母张兆和），三姐说："叫曾祺来一趟，我有话跟他说。"我去了，虎雏拿出几封信。一封是给一个叫吉六的青年作家的退稿信（一封很重要的信），一封是沈先生在一九六一年二月二日写给我的很长的信（这封信很长，是在练习本撕下来的纸上写的，钢笔小字，两面写，共十二页，估计不下六千字，是在医院里写的。这封信，他从医院回家后用毛笔在竹纸上重写了一次寄给我，这是底稿，当时我正在张家口沙岭子劳动，沈先生寄给我的原信我一直保存）。还有一九四七年我由上海寄给沈先生的两封信。看了这几封信，我对沈先生转业的前因后果，逐渐形成一个比较清晰的轮廓。

从一个方面说，沈先生的改行，是"逼上梁山"，是他多年挨骂的结果。左、右都骂他。沈先生在写给我的信上说：

> 我希望有些人不要骂我，不相信，还是要骂。根本连我写什么也不看，只图个痛快。于是骂倒了，真的倒了。

沈先生的挨骂，以前的，我不知道。我知道的，对他的大骂，大概有三次。

一次是抗日战争时期，约在一九四二年，从桂林发动，有几篇很锐利的文章。我记得有一篇是聂绀弩写的。聂绀弩我后来认识，是一个非常好的人。他后来也因黄永玉之介去看过沈先生，认为那全是一场误会。聂和沈先生成了很好的朋友，彼此毫无芥蒂。

第二次是一九四七年，沈先生写了两篇杂文，引来一场围攻。那时我在上海，到巴金先生家，李健吾先生在座。李健吾先生说，劝从文不要写这样的杂论，还是写他的小说。巴金先生很以为然。我给沈先生写的两封信，说的便是这样的意思。

第三次是从香港发动的。一九四八年三月，香港出了一本《大众文艺丛刊》，其中有一篇郭沫若写的《斥反动文艺》，文中说沈从文"一直是有意识地作为反动派而活动着"，这对沈先生是致命的一击。可以说，是郭沫若的这篇文章，把沈从文从一个作家骂成了一个文物研究者。事隔三十年，沈先生的《中国古代服饰研究》却由前科学院院长郭沫若写了序。人事变幻，云水悠悠，逝者如斯，谁能逆料？这也是历史。

已经有几篇文章披露了沈先生在中华人民共和国成立前后神经混乱的事（我本来是不愿意提及这件事的），但是在这以前，沈先生对形势的估计和对自己前途的设想是非常清醒、非常理智的。他在一九四八年十二月七日写给吉六君的信中说：

> 一切终得变。从大处看发展，中国行将进入一个崭新时代，则无可怀疑。

基于这样的信念，沈先生才在北平解放前下决心留下来。留下来不走的，还有朱光潜先生、杨振声先生。朱先生和沈先生同住在中老胡同，杨先生也常来串门。他们决定不走，但是心境是惶然的。

一天，北京大学贴出了一期壁报，全文抄出了郭沫若的《斥反动文艺》。

这篇壁报对沈先生的压力很大，沈先生因此神经极度紧张。

沈先生在精神濒临崩溃的时候，脑子却又异常清楚，所说的一些话常有很大的预见性。四十年前说的话，今天看起来还是很准确。

"一切终得变"，沈先生是竭力想适应这种"变"的。他在写给吉六君的信上说：

> 用笔者求其有意义，有作用，传统写作方式以及对社会态度，值得严肃认真加以检讨，有所抉择。对于过去种种，得决心放弃，重新起始来学习。这个新的起始，并不一定即能配合当前需要，惟必能把握住一个进步原则来肯定，来完成，来促进。

但是他又估计自己很难适应：

> 人近中年，情绪凝固，又或因情绪内向，缺乏适应能力，用笔方式，二十年三十年统统由一个"思"字出发，此时却必须用"信"字起步，或不容易扭转。过不多久，即未被迫

搁笔，亦终得把笔搁下。这是我们一代若干人必然结果。

不幸而言中。沈先生对自己搁笔的原因分析得再清楚不过了。不断挨骂，是客观原因；不能适应，有主观成分，也有客观因素。十一届三中全会以后，新时期十年文学的转机，也正是由"信"回复到"思"，作家可以真正地独立思考，可以用自己的眼睛观察生活，用自己的脑和心思索生活，用自己的手表现生活了。

北京一解放，我们就觉得沈先生无法再写作，也无法再在北京大学教书。教什么呢？在课堂上他能说些什么话呢？他的那一套肯定是不行的。

沈先生为自己找到一条出路，也可以说是一条退路：改行。

沈先生的改行并不是没有准备、没有条件的。据沈虎雏说，他对文物的兴趣比对文学的兴趣产生得更早一些。他十八岁时曾在一个统领官身边做书记。这位统领官收藏了百来轴自宋至明清的旧画，几十副铜器及古瓷，还有十来箱书籍，一大批碑帖。这些东西都由沈先生登记管理。由于应用，沈先生学会了许多知识。无事可做时，就把那些古画一轴一轴地取出，挂到壁间独自欣赏，或翻开《西清古鉴》《薛氏彝器钟鼎款识》来看。"我从这方面对于这个民族在一段长长的年份中，用一片颜色，一把线，一块青铜或一堆泥土，以及一组文字，加上自己生命做成的种种艺术，皆得了一个初步普遍的认识。由于这点初步知识，使一个以鉴赏人类生活与自然现象为生的乡下人，进而对人类智慧光辉的领会，发生了极宽泛而深切的兴味。"（见《从文自传·学历史的地方》）沈先生对文物的兴趣，自始至终，一直是从这一点出发的，是出于对民族，对于民族的历史和文化的深爱。他的文学创作、文物研究，都浸透了爱国主义的感情。从热爱祖国这一点上看，也可以说沈先生并没有改行。我心匪石，不可转也，爱国爱民，始终如一，只是改变了一下工作方式。

沈先生的转业并不是十分突然的，是逐渐完成的。北京解放前一年，北大成立了博物馆系，并设立了一个小小的博物馆。这个博物馆是在杨振声、沈从文等几位热心的教授的赞助下搞起来的，馆中的陈列品很多是沈先生从家里搬去的。历史博物馆成立以后，因与馆长很熟，时常跑去帮忙。后来就离开北大，干脆调过去了。沈先生改行，心情是很矛盾的，他有时很痛苦，有时又觉得很轻松。他名心很淡，不大计较得失。沈先生到了历史博物馆，除了鉴定文物，还当讲解员。常书鸿先生带了很多敦煌壁画的摹本在午门楼上展览，他自告奋勇，每天都去。我就亲眼看见他非常热情兴奋地向观众讲解。一个青年问我："这人是谁，他怎么懂得那么多？"从一个大学教授到当讲解员，沈先生不觉有什么"丢份"。他那样子不但是自得其乐，简直是得其所哉。只是熟人看见他在讲解，心里总不免有些凄然。

沈先生对于写作也不是一下就死了心。"跛者不忘履"，一个人写了三十年小说，总不会彻底忘情，有时是会感到手痒的。他对自己写作是很有信心的。在写给我的信上说："拿破仑是伟人，可是我们羡慕也学不来。至于雨果、莫里哀、托尔斯泰、契诃夫等的工作，想效法却不太难（我初来北京还不懂标点时，就想到这并不太难）。"直到一九六一年写给我的长信上还说，因为高血压，馆（历史博物馆）中已决定"全休"，他想用一年时间"写本故事"（一个长篇），写三姐家堂兄三代闹革命。他为此两次到宣化去，"已得到十万字材料，估计写出来必不会太坏……"想重新提笔，反反复复，经过多次，终于没有实现。一是客观环境不允许，他自己心理障碍很大。他在写给我的信上说："幻想……照我的老办法，呆头呆脑用契诃夫做个假对象，竞赛下去，也许还会写个十来个本本的……可是万一有个什么人在刊物上寻章摘句，以为这是什么，修正主义。如此或如彼地一说，我还是招架不住，也可说不费吹灰之力，一切努力，即等于白费。想到这一点，重新动笔的勇气，不免就消失一半。"二是，他后来一头扎进了文物，"越陷越深"，提笔之念，就淡忘了。他手里有几十个研究选题待完成，他有很大的责任感和紧迫感，时间精力全为文物占去，实在顾不上再想写作了。

从写小说到治文物，而且搞出丰硕的成果，失之东隅，收之桑榆，就沈先生个人说，无所谓得失。

一九八八年八月二十四日

读民歌札记

奇特的想象

汉代的民歌里，有一首，很特别：

> 枯鱼过河泣，何时悔复及？
> 作书与鲂鱮，相教慎出入。

枯鱼，怎么能写信呢？两千多年来，凡读过这首民歌的人，都觉得很惊奇。[①] 这样奇特的想象，在书面文学里没有，在口头文学里也少见。似乎这是中国文学里的一个绝无仅有的孤例。

并不是这样。

偶读民歌选集，发现这样一首广西民歌：

> 石榴开花朵朵红，蝴蝶寄信给蜜蜂。
> 蜘蛛结网拦了路，水泡阳桥路不通。

---

① 黄节《汉魏乐府风笺》引陈胤倩曰："作者甚新。"

枯鱼作书，蝴蝶寄信，真是无独有偶。

两首民歌的感情不一样。前一首很沉痛。这是一个落难人的沉重的叹息，是从苦痛的津液中分泌出来的奇想。短短二十个字，概括了世途的险恶。后一首的调子是轻松的、明快的。红的石榴花、蝴蝶、蜜蜂、蜘蛛，这是一幅很热闹的图画，让人想到明媚的春光——哦，初夏的风光。这是一首情歌。他和她——蝴蝶和蜜蜂有约，受了意外的阻碍，然而这点阻碍是暂时的，不足为虑的，是没有真正的危险性的。这首民歌的内在感情是快乐的、光明的，不是痛苦、绝望的。这两首民歌是不同时代的作品，不同生活的反映。但是其设想之奇特，则无二致。

沈德潜在《古诗源》里选了《枯鱼》，下了一个评语，道是："汉人每有此种奇想。"[1] 其实应该说：民歌每有此种奇想，不独汉人。

汉代民歌里的动物题材

现存的汉代乐府诗里有几首动物题材的诗。它所反映的生活、思想，它的表现方法，在它以前没有，在它以后也少见。这是汉乐府里的一个独特的组成部分，是文学史上一个很值得注意的现象。除了《枯鱼过河泣》，有《雉子班》《乌生》《蜨蝶行》。另，

---

[1] 闻一多先生《乐府诗笺》也说"汉人常有此奇想"。

本辞不传，晋乐所奏的《艳歌何尝行》也可以算在里面。我们有理由相信，这是当时所流行的一种题材，散失不传的当会更多。

雉子班

　　"雉子，班如此！

　　之于雉梁。无以吾翁孺，雉子！"

　　知得雉子高蜚止。

　　黄鹄蜚，之以千里王可思。雄来蜚从雌，视子趋一雉。

　　"雉子！"

　　车大驾马滕，被王送行所中。

　　尧羊蜚从王孙行。

　　一向都认为这首诗"言字讹谬，声辞杂书"，最为难读。余冠英先生的《乐府诗选》把它加了引号和其他标点，分清了哪些是剧中人的"对话"，哪些是第三者（作者）的叙述，这样，这首难读的诗几乎可以读通了。这是一个伟大的发现。我们说是"伟大的发现"，是因为用了这种方法，可以帮助我们把原来一些不很明白或者很不明白的古诗弄明白（古代的人如果学会用我们今天的标点符号，会使我们省很多事，用不着闭着眼睛捉迷藏）。余先生以为这首诗写的是一个野鸡家庭的生离死别的悲剧，也是卓越的创见。

但是，这是一个什么样的悲剧，剧中人共有几人？悲剧的情节是怎样的？在这些方面，我们的理解和余先生有些不同。

按余先生《乐府诗选》的注解，他似乎以为是一只小野鸡（雉子）被贵人捉获了，关在一辆马车里。老野鸡（性别不详）追随着马车，一面嘱咐小野鸡一些话。

按照这样的设想，有些词句解释不通。

"之于雉梁"。"雉梁"可以有不同解释，但总是指的某个地方。"之于"是去到的意思。"之于雉梁"是去某个地方。小野鸡已经被捉了，怎么还能叫它去某个地方呢？

"知得雉子高蜚止"，这一句本来不难懂，是说知道雉子高飞远走了。余先生断句为"知得雉子，高蜚止"，说是知道雉子被人所得，老雉高飞而来，不无勉强。

尤其是，按余先生的设想，"雄来蜚从雌"这一句便没有着落。这是一句很关键性的话，这里明明说的是"雄来飞从雌"，不是"雄来飞从雉子"呀。

因此，我觉得有必要在余先生的生动想象的基础上向前再迈一步。

问题：

一、这里一共有几个人物——几只野鸡？我以为一共有三只：雄野鸡、雌野鸡、小野鸡。

二、被捉获的是谁？——是雌野鸡，不是小野鸡。

对几个词义的猜测：

"班"，旧说同"斑"。"班如此"就是这样的好看。在如此紧张的生离死别的关头，还要称赞自己的孩子毛羽斑斓，无是情理。"班"疑当即"乘马班如""班师回朝"的"班"，即是回去。贾谊《吊屈原赋》："般纷纷其离此尤兮。"朱熹《集注》云："般，音班，……，反也"，"班"即"般"。

"翁孺"，余先生以为是老人与小孩，泛指人类。"孺"本训小，但可引申为小夫人，乃至夫人。古代的"孺子"往往指的是小老婆，清俞正燮《癸巳类稿·释小补楚语筕内则总角义》辨之甚详①。我以为"翁孺"是夫妇，与北朝的《捉搦歌》"愿得两个成翁妪"的"翁妪"是一样的意思。"吾翁孺"即"我们老公姆俩"。"无以吾翁孺"，以，依也，意思是你不要靠我们老公姆俩了。"吾"字不必假借为"俉"，解为"迎也"。

"黄鹄蚩，之以千里王可思"，我怀疑是衍文。

上述词意的猜测，如果不十分牵强，我们就可以对这首剧诗的情节有不同于余先生的设想：

---

① 俞正燮此文甚长，征引繁浩，其略云："小妻曰妾，曰孺，曰姬，曰侧室，曰次室，曰偏房，曰如夫人，曰如君，曰姨娘，曰姬娘，曰旁妻，曰庶妻，曰次妻，曰下妻，曰少妻，曰姑娘，曰孺子……"《汉书艺文志·中山王孺子妾歌》注云：'孺子，王妾之有名号者。'……秦策亦云：'某夕某孺子纳某士'。《汉书·王子侯表》：'东城侯遗为孺子所杀'，'则王公至士民妾，通名孺子'。值得注意的是，同前条引《左传·哀公三年》，季桓子卒，南孺子生子，谓贵妾。注云：桓子妻者，非是。"这一条误注倒使我们得到一个启发，"孺子"也可以当妻子讲的——否则就不致产生这样的错注。

野鸡的一家三口：雄野鸡、雌野鸡、小野鸡，一同出来游玩。忽然来了一个王孙公子，捉获了雌野鸡。小野鸡吓坏了，抹头一翅子就往回飞。难为了雄野鸡。它舍不下老的，又搁不下小的。它看见小野鸡飞回去了，就扬声嘱咐："雉崽呀，往回飞，就这样飞回去，一直飞到野鸡居住的山梁，别管我们老公姆俩！雉崽！"知道小野鸡已经高高飞走了，雄野鸡又飞来追随着雌野鸡。它还忍不住再回头看看，好了，看见小野鸡跟上另一只野鸡，有了照应了，它放心了。但这也是最后的一眼了，它惨痛地又叫了一声："雉崽！——"车又大，马又飞跑，（雌雉）被送往王孙的行在所了。雄雉翱翔着追随着王孙的车子，飞，飞……

乌生

乌生八九子，

端坐秦氏桂树间。——嗜我！

秦氏家有游遨荡子，

工用睢阳强、苏合弹。

左手持强弹两丸，

出入乌东西。——嗜我！

一丸即发中乌身，

乌死魂魄飞扬上天：

阿母生乌子时，

乃在南山岩石间，——嗐我！

人民安知乌子处？

蹊径窈窕安从通？

白鹿乃在上林西苑中，

射工尚复得白鹿脯，——嗐我！

黄鹄摩天极高飞，

后宫尚复得烹煮之。

鲤鱼乃在洛水深渊中，

钓钩尚得鲤鱼口。——嗐我！

人民生各各有寿命，

死生何须复道前后？

　　这是中弹身亡的小乌鸦的魂魄和它母亲的在天之灵的对话。这首诗的特别处是接连用了五个"嗐我"。闻一多先生以为"嗐我"应该连读，旧读"我"属下，大谬。这样一来，就把一首因为后人断句的错误而变得很奇怪别扭的诗又变得十分明白晓畅，还了它的本来面目，厥功至伟。闻先生以为"嗐"是大声，"我"是语尾助词。我觉得，干脆，这是一个词，是一个状声词，这就是乌鸦的叫声。通篇充满了乌鸦的喊叫，增加诗的凄怆悲凉。

蜻蝶行

蜻蝶之遨游东园，

奈何卒逢三月养子燕！

接我苜蓿间。

持之我入深紫宫中，

行缠之傅榫栌间。

雀来燕，

燕子见衔哺来，

摇头鼓翼何轩奴轩。

　　剔除了几个"之"字，这首诗的意思是明白的：一只快快活活的蝴蝶，被哺雏的燕子叼去当作小燕子的一口食了。

　　这几首动物题材的乐府诗有以下几个共同的特点：

　　一，它们是一种独特题材的诗，不是通常所说的（散体和诗体的）"动物故事"。"动物故事"，或名寓言，意在教训，是以物为喻，说明某种道理。它是哲学的、道德的。"动物故事"的作者对于其所借喻的动物的态度大都是超然的、旁观的，有时是嘲谑的。这些乐府诗是抒情的、写实的。作者对于所描写的动物寄予很深的同情。他们对于这些弱小的动物感同身受。实际上，这些不幸的动物，就是作者自己。

　　二，这些诗大都用动物自己的口吻，用第一人称的语气讲话。

《蜨蝶行》开头虽有客观的描叙，但是自"接我苜蓿间"之后，仍是蜨蝶眼中所见的情景，仍是第一人称。这些诗的主要部分是动物的独白或对话。它们又都有一个简单而生动的情节。这是一些小小的戏剧。而且，全是悲剧。这些悲剧都是突然发生的。蜨蝶在苜蓿园里遨游，乌鸦在桂树上端坐，原来都是很暇像安适、自乐其生的，可是突然间横祸飞来，弄得妻离子散、家破人亡。《枯鱼过河泣》《雉子班》虽未写遇祸前的景况，想象起来，亦当如是。朱矩堂曰"祸机之伏，从未有不于安乐得之"，对于这些诗来说，是贴切的。

三，为什么汉代会产生这样一些动物题材的民歌？写物是为了写人。动物的悲剧是人民的悲剧的曲折的反映。对这些猝然发生的惨祸的陈述，是企图安居乐业的人民遭到不可抗拒的暴力的摧残因而发出的控诉。动物的痛苦即是人的痛苦。这一类诗多用第一人称，不是偶然的。这些痛苦是由谁造成的？谁是这些惨剧的对立面？《枯鱼》未明指。《蜨蝶行》写得很隐晦。《雉子班》和《乌生》就老实不客气地点出了是"王孙"和"游遨荡子"，是享有特权的贵族王侯。这些动物诗，实际上写的是特权阶层对小民的虐害。我们知道，汉代的权豪贵戚是非常横暴恣睢、无所不为的。权豪作恶，成为汉代政治上的一个大问题。这些诗，是当时社会生活的很深刻的反映。

这些写动物诗，应当联系当时的社会生活来看，应当与一些写人的诗参照着看，——比如《平陵东》（这是一首写五陵年少绑架平民的诗，因与本题无关，说从略）。

民歌中的哲理

民歌，在本质上是抒情的。民歌当中有没有哲理诗？

湖南古丈有一首描写插秧的民歌：赤脚双双来插田，低头看见水中天。行行插得齐齐整，退步原来是向前。

首先，这是民歌吗？论格律，这是很工整的绝句。论意思，"退步原来是向前"，是所谓"见道之言"。这很像是晚唐和宋代的受了禅宗哲学影响的诗人搞出来的东西。然而细读全诗，这的确是劳动人民的作品。没有亲身参加过插秧劳动的人，是不可能有这样真切的体会的。这不是像白居易《观刈麦》那样只是以旁观者的身份在那里发一通感想。

或者，这是某个既参加劳动，也熟悉民歌的诗人所制作的拟民歌？刘禹锡、黄遵宪的某些诗和民歌放在一起，是几乎可以乱真的。但是我们还没有听说过古丈出过像刘禹锡、黄遵宪这样的诗人。

是从别的地方把拟作的民歌传进来的？古丈是个偏僻的地方，过去交通很不方便，这种可能性也不大。

看来，我们只能相信，这是民歌，这是出在古丈地方的民歌。

或者说，这是民歌，但无所谓哲理。"退步原来是向前"，是纪实，插秧都是倒退着走的，不值得大惊小怪！不能这样讲吧。

多少人插过秧，可谁想到过进与退之间的辩证关系？唱出这样的民歌的农民，确实是从实践中悟出一番道理。清代的湖南，出过几个农民出身的唯物主义的哲学家。莫非，湖南的农民特别长于思辨？吁，非所知矣。

何况前面还有一句"低头看见水中天"呢。抬头看天，是常情；低头看天，就有点哲学意味。有这一句，就证明"退步原来是向前"不是孤立的，突如其来的。从总体看，这首民歌弥漫着一种内在的哲理性。——同时又是生机活泼的、生动形象的，不像宋代某些"以理为诗"的作品那样平板枯燥。

民歌，在本质上是抒情的，但不排斥哲理。

民歌中有没有哲理诗，是一个值得探讨下去的题目。

《老鼠歌》与《硕鼠》

藏族民歌里有一首《老鼠歌》：

从星星还没有落下的早晨，

耕作到太阳落土的晚上；

用疲劳翻开这一锄锄的泥土，

见太阳升起又落下山岗。

收的谷子粒粒是血汗，

耗子在黑夜里把它往洞里搬；

这种冤枉有谁知道谁可怜，

唉，累死累活只剩下自己的辛酸。

我们的皇帝他不管，他不管，

我们的朋友只有月亮和太阳；

耗子呀，可恨的耗子呀，

什么时候你才能死光！

（泽仁沛楚、登主·沛楚追等唱，周良沛搜集

载《民间文学》1965年6月号）

读了这首民歌，立刻让人想到《诗经》里的《硕鼠》。现代研究《诗经》的人，都认为《硕鼠》是劳动者对于统治阶级加在他们头上的不堪忍受的沉重的剥削所发出的怨恨，诸家都无异词。这首《老鼠歌》可以作为一个有力的旁证。如果看了周良沛同志的附注，《诗经》的解释者对于他们的解释就更有信心了：

"这支歌是清末的一个藏族农民劳动时的即兴之作。他以耗子的形象来影射统治者对人民的剥削。这支歌流行很广，后遭禁唱。一九三三年人民因唱这支歌，曾遭到反动统治者的大批屠杀。"

不同的时代，不同的地区，不同的民族，却用同样的形象，同样影射的方法来咒骂压在他们头上的剥削者，这是很有意思的事。其实也不奇怪，人同此心而已。他们遭受的痛苦是一样的。夺去他们的劳动果实的，有统治者，也有像田鼠一样的兽类。他

们用老鼠来比喻统治者，正是"能近取譬"。硕鼠，即田鼠，偷盗粮食是很凶的。我在沽源，曾随农民去挖过田鼠洞。挖到一个田鼠洞，可以找到上斗的粮食。而且储藏得很好：豆子是豆子，麦子是麦子，高粱是高粱。分门别类，毫不混杂！这是一个典型的不劳而食者的粮仓。而且，田鼠多得很！

《硕鼠》是魏风。周代的魏进入了什么社会形态，我无所知。周良沛同志所搜集的藏族民歌，好像是云南西部的。那个地区的社会形态，我也不了解。"附注"中说这是一个"农民"的即兴之作，是自由农民呢，还是农奴呢？"统治者"是封建地主呢，还是农奴主呢？这些都无从判断。根据直觉的印象，这两首民歌都像是农奴制时代的产物。大批地屠杀唱歌人，这种事只有农奴主才干得出来。而《硕鼠》的"逝（誓）将去女（汝），适彼乐土"很容易让人想到农奴的逃亡——封建农民是没有这种思想的。有人说"适彼乐土"只是空虚渺茫的幻想，其实这是十分现实的打算。这首诗分三节，三节的最后都说"誓将去汝"，这是带有积极的行动意味的，而且感情是强烈的。"誓将"乃决绝之词，并无保留，也不软弱。在农奴制社会里，逃亡，是当时仅能做到的反抗。我们不能用今天工人阶级的觉悟去苛求几千年前的农奴。这一点，我和一些《硕鼠》的解释者的看法，有些不同。

一九七九年四月二十三日写成

一九八〇年二月六日修改

我是一个中国人

——散步随想

　　我实在不想说话，因为没有什么话可说。我对文艺界的情况很不了解。这几年精力渐减，很少读作品，中国的和外国的。我对自己也不大了解。我究竟算是哪一"档"的作家？什么样的人在读我的作品？这些全都心中无数。我一直还在摸索着，有一点孤独，有时又颇为自得其乐地摸索着。

　　在山东菏泽讲话，下面递上来一个条子："汪曾祺同志：你近年写了一些无主题小说，请你就这方面谈谈看法。"因为时间关系，我当时没有来得及回答。到了平原，又讲话，顺便谈了谈这个问题。写条子的这位青年同志（我相信是青年）大概对"无主题小说"很感兴趣，可是我对这方面实在无所知。我不知道有没有这个提法，这提法是从哪里来的。我只听说过"无主调音乐"，没有听说过"无主题小说"。我说：我没有写过"无主题小说"。我的小说都是有主题的。一定要我说，我也能说得出来。这位递条子的同志所称"无主题小说"，我想大概指的是我近年发表的一些短小作品，如在《海燕》上发表的《钓人的孩子》，在《十月》上发表的一组小说《晚饭花》里的《珠子灯》。这两篇小说都是有主题的。《钓人的孩子》的主题是：货币使人变成魔鬼。《珠子灯》的主题是：封建贞操观念的零落。

不过，主题最好不要让人一眼就看出来。

李笠翁论传奇，讲"立主脑"。郭绍虞解释主脑即主题，我是同意郭先生的解释的。我以为李笠翁所说"主脑"，即风筝的脑线。风筝没有脑线，是放不上去的。作品没有主题，是飞不起来的。但是你只要看风筝就行了，何必一定非瞅清楚风筝的脑线不可呢？

脑线使风筝飞起，同时也是对于风筝的限制。脑线断了，风筝就会不知道飞到哪里去了。主题对作品也是一种限制。一个作者应该自觉地使自己受到限制。人的思想不能汗漫无际。我们不能往一片玻璃上为人斟酒。

鸟飞在天上，
影子落在地下。①

任何高超缥缈的思想都是有迹可求的。

———————————
① 蒙古族民歌。

琢磨琢磨一个作品的主题，琢磨琢磨作者想说的究竟是什么，对读者来说，不也是一种乐趣么？"好读书，不求甚解；每有会意，便欣然忘食"，这是一种很惬意的读书方法。读小说，正当如此。

不要把主题讲得太死，太实，太窄。

也许我前面所说的主题，在许多人看来不是主题（因此他们称我的小说为"无主题小说"）。在有些同志看来，主题得是几句具有鼓动性的、有教诲意义的箴言。这样的主题，我诚然是没有。

我是一个中国人。

中国人必然会接受中国传统思想和文化的影响。我接受了什么影响？道家？中国化了的佛家——禅宗？都很少。比较起来，我还是接受儒家的思想多一些。

我不是从道理上，而是从感情上接受儒家思想的。我认为儒家是讲人情的，是一种富于人情味的思想。《论语》里的孔夫子是一个活人。他可以骂人，可以生气着急，赌咒发誓。

我很喜欢《论语·子路曾皙冉有公西华侍坐章》。"暮春者，春服既成，冠者五六人，童子六七人，浴乎沂，风乎舞雩，咏而归。"我以为这是一种很美的生活态度。

我欣赏孟子的"大人者，不失其赤子之心"。

我认为陶渊明是一个纯正的儒家。"暧暧远人村，依依墟里烟。狗吠深巷中，鸡鸣桑树颠。"我很熟悉这样的充满人的气息的"人境"，我觉得很亲切。

我喜欢这样的诗："万物静观皆自得，四时佳兴与人同。""顿觉眼前生意满，须知世上苦人多。"这是蔼然仁者之言。这样的诗人总是想到别人。

有人让我用一句话概括出我的思想，我想了想，说：我大概是一个中国式的抒情的人道主义者。

我不了解前些时报上关于人道主义的争论的实质和背景。我愿意看看这样的文章，但是我没有力量去作哲学上的论辩。我的人道主义不带任何理论色彩，很朴素，就是对人的关心，对人的尊重和欣赏。

我当然反对利用"人道主义"来诋毁社会主义，诋毁我们伟大的祖国。

关于现代派。

我的意见很简单：在民族传统的基础上接受外来影响，在现实主义的基础上吸收现代派的某些表现手法。

最新的现代派我不了解。我知道一点的是老一代的现代派。我曾经很爱读弗·伍尔夫和阿左林的作品（通过翻译）。我觉得在社会主义现实主义的旗帜下的某些苏联作家是吸收了现代派的表现手法的。比如安东诺夫的《在电车上》，显然是用意识流的手法写出来的。意识流是可以表现社会主义内容的，意识流和社会主义内容不是不相容，而是可以给社会主义文学带来一股清新的气息。

我的一些颇带土气的作品偶尔也吸取了一点现代派手法。比如《大淖记事》里写巧云被奸污后第二天早上的乱糟糟的、断断续续、飘飘忽忽的思想，就是意识流。我在《钓人的孩子》一开头写抗日战争时期昆明大西门外的忙乱纷杂的气氛，用了一系列静态的，只有名词，而无主语、无动词的短句，后面才说出"每个人带着他一生的历史和半个月的哀乐在街上走"，这颇有点现代派的味道。我写过一篇《求雨》（将在《钟山》第四期发表），写栽秧时节不下雨，望儿的爸爸和妈妈一天抬头看天好多次，天蓝得要命，望儿的爸爸和妈妈的眼睛是蓝的。望儿看着爸爸和妈妈，望儿的眼睛也是蓝的。望儿和一群孩子上街求雨，路上的行人看着这支幼弱、褴褛、有些污脏而又神圣的小小的队伍，行人的眼睛也是蓝的。这也颇有点现代派的味道（把人的眼睛画蓝了，这是后期印象派的办法）。我觉得这没有什么不可以。而且，我觉得只有这样写，才能达到预期的效果。也可以说，这样写是为了主题的需要。

我觉得现实主义是可以、应该，甚至是必须吸收一点现代派的手法的，为了使现实主义返老还童。

但是我不赞成把现代派作为一个思想体系原封不动地搬到中国来。

爱护祖国的语言。一个作家应该精通语言。一个作家，如果是用很讲究的中国话写作，即使他吸收了外来的影响，他的作品仍然会具有鲜明的民族风格。外来影响和民族风格不是对立的矛盾。民族风格的决定因素是语言。五四以后不少着力学习西方文学的格律和方法的作家，同时也在着力运用中国味儿的语言。徐志摩（他是浙江硖石人）、闻一多（湖北浠水人），都努力地用北京话写作。中国第一个有意识地运用意识流方法，作品很像弗·伍尔夫的女作家林徽因（福州人），她写的《窗子以外》《九十九度中》，所用的语言是很漂亮的地道的京片子。这样的作品带洋味儿，可是一看就是中国人写的。

外国的现代派作家，我想也是精通他自己国家的语言的。

用一种不合语法，不符合中国的语言习惯的，不中不西、不伦不类的语言写作，以为这可以造成一种特殊的风格，恐怕是不行的。

我的作品和我的某些意见，大概不怎么招人喜欢。姥姥不疼，舅舅不爱。也许有一天我会像齐白石似的"衰年变法"，但目前还没有这意思。我仍将沿着这条路走下去。有点孤独，也不赖。

一九八三年六月七日

特辑

鸡鸭名家

鸡鸭名家

刚才那两个老人是谁?

父亲在洗刮鸭掌,每个趾蹼都撑开细细看过,是不是还有一丝泥垢,一片没有刮尽的皮,样子就像是做着一件精巧的手工似的。两副鸭掌,白白净净,一只一只,妥妥停停的一排。四个鸭翅,也白白净净,一只一只,妥妥停停一排。看起来绝对想不到那是从一只鸭子身上取下来的,仿佛天生成这么一种好吃东西,就这样生的就可以吃了,入口且一定爽糯鲜甜无比,漂亮极了,可爱极了。我忍不住伸手用指头去捏捏弄弄,觉得非常舒服。鸭翅尤其是血色和匀丰满而肉感。就是那个教我拿着简直无法下手的鸭肫,父亲也把它处理得极美,他握在手里,掂了一掂,"真不小,足有六两重!"用他那把角柄小刀从栗紫色当中闪着钢蓝色的那儿一个微微凹处轻轻一划,一翻,蓝黄色鱼子状的东西绽出来了。"你说脏,脏什么! 一点都不!"是不脏,他弄得教我觉得不脏,我甚至没有觉得臭味。洗涮了几次,往鸭掌鸭翅之间一放,样子名贵极了,一个什么珍奇的果品似的。我看他做这一切,用他的洁白的，熨帖的，然而男性的，有精力，果断，可靠的手做这一切，看得很感动。王羲之论钟张书，"张精熟过人"，又曰"须得书意转深，点画之间皆有意，自有言所不得尽其妙者，事事皆然"。"精熟"，"有意"，说得真好。我追随他的每一动作，以心，以目，正如小时，看他作画。父亲一路来直称赞鸡鸭店那个伙计，说他拗折鸭掌鸭翅，准确极了，轻轻一来，毫不费事，毫不牵皮带肉，再三赞叹他得着了"诀窍"，所好者技，进乎道矣，相信父亲自己落到鸡鸭店做伙计，也一定能做到如此地步的！

这个地方鸡鸭多，鸡鸭店多，教门馆子多，一定有不少回族人。回族多，当有来历，是一颇有兴趣问题，我们家乡信回教的极少，数得出来的，鸡鸭店则全城似只一家。小小一间铺面，干净而寂寞，经过时总为一种深刻印象所袭，一种说不出来的东西与别人家截然不同。铺子在我舅舅家附近，出一个深巷高坡，上了大街，拐角上第一家就是。主人相貌奇古，一个非常的大鼻子，真大！鼻子上一个洞，一个洞，通红通红，十分鲜艳，一个酒糟鼻子。我从那一个鼻子上认得了什么叫酒糟鼻子。没有人告诉过我，我无师自通，一看见那个鼻子就知道了："酒糟鼻子！"日后我在别处看见了类似而远比不上的鼻子，我就想到那个店主人。刚才在鸡鸭店我又想到那个鼻子！从来没有去买过鸡鸭，不知那个鼻子有没有那样的手段？现在那个人，那片店，那条斜阳古柳的巷子不知如何了。……

一串螃蟹在门后叽里咕噜吐着泡沫。

打气炉子呼呼地响。这个机械文明在这个小院落里也发出一种古代的声音，仿佛是《天工开物》甚至《考工记》上的玩意了。

一声鸡啼。一个金彩绚丽的大公鸡，一只很好的鸡，在小天井里徘徊顾盼，高傲冷清，架上两盆菊花，一盆晓色，一盆懒梳妆。——大概多数人一定欣赏懒梳妆名目，但那不免过于雕琢着意，太贴附事实，远不比晓色之得其神理，不落形象，妙手偶得，可遇不可求。看过又画过这种花的就可以晓得，再没有比这更难捉摸的颜色了，差一点就完全不是那回事！天晓得颜色是什么样子呢，可是一看到这种花蝵蝵蝵蝵，清新醒活的劲儿，你就觉得一点不错，这正是"晓色"！心中所有，笔下所无的两个字。

我们刚回来一会儿，买了鸭翅、鸭掌、鸭舌、鸭肫、八只蟹、青菜两棵、葱一小把、姜一块回来，我来看父亲，父亲整天请我吃，来了几天，吃了几天。昨天晚上隔了一层板壁，他睡在外面房间，我睡在里头，躺在床上商议明天不出去吃了，在家里自己做。不要多，菜只要两个，一个蟹，蒸一蒸，不费事，——喝酒；一个舌掌汤，放两个菜头烩一烩——吃饭。我父亲实在很会过日子，一个人在外头，一高兴就自己做饭，很会自得其乐！——那几只蟹买得好，在路上已经有两个人问过，好大蟹，什么地方买的，多少钱一斤，很赞许的样子，一个老先生，一个女人，全都自然极了，亲切极了，可是我们一点也不认识，真有意思！大都市里恐怕很少这种情形了。

那两个老人是谁呢，父亲跟他们招呼的，在沙滩上？——

街上回来，行过沙滩。沙滩上有人分鸭子。三个，——后来又来了一个，四个，四个汉子站在一个大鸭圈里，在熙熙攘攘的鸭子里，一个一个，提起鸭脖子，看一看，分别丢在四边几个较小鸭圈里。看的什么？——四个人都是短棉袄。有纽子扣得好好的，有的只掖上，下面皆系青布鱼裙，这一带江边湖边，荡口桥头，依水而住，靠水吃水的人，卖鱼的，贩菱藕的，收鸡头茨实，经营芦柴茭草生意的，类多有这么一条青布裙子。昨天在渡口市摊看见有这种裙子在那儿卖，我说我想买一条，父亲笑笑。我要当真去买，人家不卖，以为我是开玩笑的。真想看一个人走来讨价还价，说好说歹，这一定是很值得一看的。然而过去又过来，那两条裙子竟是原样放着，似乎没有人抖开前前后后看过！这种裙子穿在身上，有什么好处，什么方便，有什么感情洋溢出来呢？这与其说是一种特别装束，不如说是一种特别装束的遗制，其由来盖当相当古远，似乎为了一点纪念的深心！他们才那么爱好这条裙子，和头上那种瓦块毡帽。这么一打扮，就"像"了，所有的身份就都出来了。"我与我周旋久，宁作我"，生养于水的，必将在水边死亡，他们从不梦想离开水，到另一处去过另外一种日子，他们简直自成一个族类，有他们不改的风教遗规。看的是鸭头，分别公鸭母鸭？母鸭下蛋，可能价钱卖得贵些？不对！鸭子上了市，多是卖给人吃，养老了下蛋的十只里没有一只。要单别公母，弄两个大圈就行了，把公的赶到一边，剩下不就全是母的了，无须这么麻烦。是公是母，一眼还不就看出来，得要那么捉起来放到眼前认一认吗？那几个小圈里分明灰头绿头都有。——沙滩上安静极了，然而万籁有声，江流浩浩，飘忽着一种广大深微的呼吁，一种半消沉半积极的神秘意向，极其悄怆感人。东北风。交过小雪了，真的入了冬了，可是江南地暖，虽已至"相逢不出手"时候，身体各处却还觉得舒舒服服，饶有清兴，不很肃杀。天有默阴，空气里潮润润的。新麦，旧柳，抽了卷须的豌豆苗，散过了絮的蒲公英，全都欣然接受这点水气，很久没有下雨。鸭子似乎也很满意这样的天气，显得比平常安静得多。脖子被提起来，并不表示抗议，——也由于那几个鸭贩子提得是地方，一提起，就势摔了过去，不致令它们痛苦，甚至那一摔还会让它们得到筋肉伸张的快感，所以往来走动，煦煦然很自在的样子，一点也看不出悲惨。人多以为鸭子是很会唠叨的动物，其实鸭子也有默处的时候，不过这么一大群鸭子而能如此雍雍雅雅，我还从未见过！它们今天早上大都得到一顿饱餐了吧。——什么地方来了一阵煮大麦芽的气味，香得很，一定有人用长柄大铲子慢慢地搅和着，就要出糖了。——是称称斤两，分开新鸭老鸭？也不对。这些鸭子全差不多大，没有问题，全是今年养的，生日不是四月就是五月初头，上下差也差不了几天。骡马看牙口，鸭子不是骡马。要看，也得叫鸭子张嘴，而鸭子嘴全闭得扁扁的！黄嘴也扁扁的，绿嘴也扁扁的。掰开来看全都是一圈细锯齿，它的板牙在肚子里，嗉囊里那堆石粒子！嘴上看什么呢？——我已经断定他们看的是鸭嘴。看什么呢？哦，鸭嘴上有点东西！有一个一个印子，刻出来的。有的是一道，有的两道，有的一个十字叉叉，那个脸红通通的小伙子（他棉袄是新的，鞋袜干干净净，他不喝酒，不赌钱，他是个好"儿子"，他有个很疼爱他的母亲。我并不嫉妒你），尽挑那种嘴上两道的。这是记认。这一群鸭子不是一家养的，主人相熟，一伙运过江来，搅乱了，现在再分开各自出卖。对了，不会错的，这个记认做得实在有道理。

江边风大，立久了究竟有点冷，走吧。

刚才运那一车子鸡的夫妻俩不知到了哪里。一板车的鸡，一笼一笼堆得高高的。这些鸡算不算他们自己的？算他们的，该不坏了，很值几文呢。看样子似不大像，他们穿得可大不齐整。这是做活，不是上庙烧香，不是回娘家过节，用不着打扮，也许。这副板车未免太笨重了一点，车本身比那些鸡一定重得多。——虽然空车子拉起来一定又觉得很轻松的。我起初真有点不平，这男人岂有此理，让女人在前头拉，自己提了两个看起来没多大分量的蒲包在后头自自在在地踱方步，你就在后头推一把也不妨呀！父亲不说什么，很关心地看他们过去。一直到了快拐弯的地方，我们一相视，心里有同样感动了。这一带地怎么那么不平，那么多的坑！车子拉动了之后，并不怎么费力的，陷在坑里要推上来才不容易。一下子歪倒了，赶紧上去救住，不但要气力，而且要机警灵活，压着撞着都不轻。这一下子，够受的！他抵住了，然而一个轮子还是上不来。我们走过来，两个老人也跑了过来。我上去推了一把，毫无用处，还是老人之一捡了一块砖煞住一个老往后滑的轮子，那个男人（我现在觉得他很伟大，很敬佩他），发一声喊，车子来了！不该走这条路的，该稍为绕绕，旁边不还稍为平点吗。她是没有看到？是想一冲冲过去的？他要发脾气了，埋怨了！然而他没有，不但脸上没有，心里也没有。接过女人为他拾回来的落掉的瓦块帽子，掸一掸草屑，戴上，"难为了"，又走了，车子吱吱扭扭拉了过去。我这才听见，怎么刚才车轴似乎没有声音呢？加点油是否好些？他那两个蒲包里是什么东西？鸡食？路上"歪掉"的鸡？两包盐？

我想起《打花鼓》：

　　恩爱的夫妻

　　槌不离锣

这两句老在我心里唱，连底下那个"啊呃哎"。这个"啊呃哎"一声一声地弄得我心里很凄楚。小时杂在商贾负贩人中听过庙戏多回，不知怎么记得这么两句《一枝花》。后来翻查过戏谱，曾记诵过《打花鼓》全出，可是一有什么感触时仍是这两句，没头没脑的尽是哼哼。

这个记认做得实在很有道理。遍观鸭子全身，还有什么其他地方可以做记认呢？不像鸡，鸡长大了毛色个个不同，养鸡人全都记得，在他们眼中世界上没有两只同样的鸡（《王婆骂鸡》曲本中列鸡色目甚繁多贴当，可惜背不全了），偷去杀了吃掉，剥下一堆毛，他认也认得清，小鸡子则都给染了颜色，在肩翅之间，或红或绿。有老母鸡领着，也不大容易走失。染了颜色不大好看，我小时颇不赞成，但人家养鸡可不是为了给我看的！鸭子麻烦，身上不能染红绿颜色，它要下水，整天浸在水里颜色要褪。到一放大毛，普天之下的鸭子就只有两种样子了，公鸭，母鸭。所有的公鸭都一样，所有的母鸭也全一样。鸭子养在河里，你家养，他家养，在河里会面打伙时极多，虽然赶鸭人对自己的鸭有法调度，可是有时不免要混杂。可以做记认，一看就看出来的只有那张嘴。（沈石田画鸭，总是把鸭嘴画得比实际的要宽长些，看过他三幅有鸭子或专画鸭子的画，莫不如是。）上帝造鸭，没有想到鸭嘴有这么个用处吧。小鸭子，嘴嫩嫩的，刻起来大概很容易，用把小洋刀，钳子，钉头，或者随便什么，甚至荆棘的刺，但没有问题，养鸭人家一定专有一个什么东西，轻轻那么一划就成了。鸭嘴是角质，就像指甲似的没有神经，刻起来不痛。刻过的，没有刻过的，只要是一张嘴，一样的吃碎米、浮萍、蛆虫、虾蛋、"猫杀子""罗汉狗子"小鱼，鸭子们大概毫不在乎，不会有一只鸭子发现了，大叫出来："咦，老哥，你嘴上怎么回事，雕了花？"想出这个主意的必然是个伶俐聪敏人。这四个汉子中哪一个会发明出来，如果从前从未有过这么一个办法？那个红脸小伙子眼睛生得很美，很撩人的，他可以去演电影。——不，还是鱼裙瓦块帽做鸭子生意！

然而那两个老人是谁呢？

父亲揭起煨罐盖子看看，闻了闻气味，"差不多了"，把一束葱放下去，掇到另一小火的炉上闷起来，打气炉子空出来蒸蟹。碗筷摆出来，两个杯子里斟满了酒，就要吃饭了。酒真好，我十年来没有喝过这样好酒。父亲说我来了这几天，他比平常喝得要多些，我很喜欢。

"那两个年纪大的是谁？"

"怎么，——你不记得了？"

我还以为我的话问得突兀，我们今天看见过好几个老人，虽然同时看见，在一处的，只有那两个；虽然父亲跟他们招呼过，未必像我一样对他们有兴趣，一直存在心里吧。他这一反问让我很高兴，分明这是很值得记得的两个人，我的眼睛没有错，他们确是有吸引人的地方！我以为父亲跟他们招呼时有种特殊的敬爱，也没有错，我一问，他即知道问的是谁。大概父亲也会谈起的。

"一个是余老五。"

余老五！这我立刻就知道了，是高大，广额方颡，一腮帮子白胡子根的那个。刚才我就觉得似曾相识，哪里看见过的，想来想去，找不到那个名字，我还以为又是把在另一处看过的一个老人的影子错借来了。他是余老五，真不该忘记。近二十年了，我从前想过他，若是老了该是什么样子，正是这个样子！难怪那么面熟。他不该上这里来，若在家乡街上，我能不认得？——那个瘦瘦小小，目光精利，一小撮山羊胡子，头老微微扬起，眼角微有嘲讽痕迹，行动不像是六十几的人，是——

"陆长庚。"

"陆长庚。"

"陆鸭。"

陆鸭！不过我只能说是知道他，那时候我还小。——不像余老五那是天天见得到的老街坊。

说是老街坊，余大房离我们家很有一截子路，地名大溏，已经是附郭最外一圈，是这条街的尾闾了。余大房是一个炕，余老五在余大房炕房当师傅。他虽姓余，炕房可不是他开的，虽然他是这个炕房里顶重要的一个人。老板或者是他一宗，恐怕相当远，不大清楚了。大溏是一片大水，由此可至东北各乡及下河县城水道，而水边有人家处亦称大溏。这是个很动人的地方，风景人物皆极有佳胜处，产生故事极多。在这里出入的，多是那种戴瓦块毡帽系鱼裙朋友。用一个小船在河心里顺流而下，可以看到垂杨柳、脆皮榆、茅棚瓦屋之间高爽地段常有一座比较齐整的房子，两边墙上粉得雪白，几个黑漆大字，显明阅目，一望可见，夏天外头多用芦席搭一个凉棚，绿缸中渍着凉茶，冬天照例有卖花生薄脆的孩子在门口踢毽子，树顶常飘有做会的纸幡或红绿灯笼的那是"行"。一种是鲜货行，代客投牙买卖鱼虾水货，荸荠慈姑，芋艿山药，鸡头薏米，种种杂物。一种是鸡鸭蛋行。鸡鸭蛋行旁边常常是一爿炕房。炕房无字号，多称姓某几房，似颇有古意，而余大房声誉最著，一直是最大的一家。

余五整天没有什么事情，老看他在街上逛来逛去，而且到哪里提了他那把紫砂茶壶，坐下来就聊，一聊一半天。而且好喝酒，一天两顿，一顿四两。而且好管闲事，跟他毫无关系的事，他也要挤上来说话。而且声音奇大，这条街上一爿茶馆里随时听见他的声音。有时炕房里差个小孩子来找他有事，问人看见没有。答话人常是"看没有看见，听倒听见的。再走过三家门面，你把耳朵竖起来，找不到，再回来问我。"他一年闲到头，吃，喝，穿，用，全不缺。余大房养他。只有春夏之间，不大看见他影子了。

不知多少年没有吃那种"巧蛋"了。巧蛋是孵小鸡没有孵出来的蛋。不知什么道理，常常有些小鸡长不全，多半是长了一个小头，下面还是个蛋，不过颜色已变，黄黄的，上面略有几根毛丝；有的甚至连翅膀也全了。只是出不了壳。出不了壳，是鸡生得笨，所以这种蛋也称为"拙蛋"，说是小孩吃不得的，吃了书念不好。可是通常反过来，称为"巧蛋"了，念书的孩子也就马马虎虎准许吃了，虽然并不因为带一个巧字而鼓励孩子吃。这东西很多人不吃的。因为看上去有点发酥发麻，想一想也怪不舒服。对于不吃的人，我并不反对。有人很爱，到时候千方百计地去找。很惭愧，我是吃过的，而且只好老实说，味道很不错。吃都吃过了，赖也赖不掉，想高雅也高雅不起来了。——吃巧蛋的时候，看不见余五了，清明前后，正是炕鸡子的时候。接着，又得炕小鸭子，四月。

蛋先得挑一挑，那多是蛋行里人责任，哪一路，哪一路收来的蛋，他们都分得好好的，鸡鸭也有"种口"，哪一种容易养，哪一种长得高大，哪一种下得蛋，他们全知道。分好了，剔一道，薄壳，过小，散黄，乱带，日久，全不要。再就是炕房师傅的事了。在一间暗屋子里，一扇门上开一个小圆洞，蛋放在洞上，闭一只眼睛，睁一只眼睛反复映看，谓之"照蛋"。第一次叫"头照"。头照是照"珠子"，照蛋黄中的胚珠，看受过精没有，用他们说法，是看有过公鸡，或公鸭没有。没有过公鸡公鸭的，出不了小鸡小鸭。照完了，这就"下炕"了。下炕后三四天（他们是论时辰的，不会这么含糊，三四天是我的印象），取出来再照，名为"二照"，二照照珠子"发饱"没有。头照很简单，谁都做得来，不用在门洞上，用手轻握如筒，蛋放在底下，迎着亮，转来转去，就看得出有没有那么一点了。二照比较要点功夫，胚珠是否隆起了一点，常常不容易断定。二照剔下来的蛋拿到外头卖，还是一样，一点看不出是炕过的。二照之后，三照四照，隔几天一次，三四照之后的蛋就变了，到知道炕里蛋都在正常发育，就不再动它，静待出炕"上床"。

下了炕之后，不大随便让人去看。下炕那天照例三牲五事，大香大烛，燃鞭放炮，磕头拜敬祖师菩萨，很隆重庄严。炕一年就做一季生意，赚钱蚀本就看这几天。但跟余五熟识，尤其是跟父亲一起去，就可以走进炕边看看。所谓"炕"是一口一口缸，里头涂糊泥草，下面不断用火烘着。火要微微的，保持一定温度。太热了一炕蛋就都熟了，太小也透不进去。什么时候加点糠或草，什么时候去掉一点，这是余五职分。那两天他整天不离开一步。许多事情不用他下手，他只需不时看一看，吩咐两句话，有下手从头照着做。余五这可显得重要极了，尊贵极了，也谨慎极了，还温柔极了。他说话细声细气，走路也轻轻的，举止动作，全跟他这个人不相称。他神情很奇怪，像总在谛听着什么似的，怕自己轻轻咳嗽也会惊散这点声音似的，聚精会神，身体各部全在一种沉湎，一种兴奋，一种极度敏感之中。熟悉炕房情形的人，都说这行饭不容易吃，一炕下来，人要瘦一套，吃饭睡觉也不能马虎一刻，这样前前后后半个多月！从前炕房里供余五抽烟的。他总是躺在屋角一张小床上抽烟，或者闭目假寐，不时就壶嘴喝一口茶，哑哑地说一句什么话。一样借以量度的器械都没有，就凭他这个人，一个精细准确而复杂多方的"表"，不以形求，全以神遇，用他的下意识来判断一切。这才是目睹身验着一个一个生命怎么完成，多有意思的事情！炕房里暗暗的，暖洋洋的，空气里潮濡濡的，笼罩着一度暖昧含隐的异样感觉，怔怔悸悸，缠绵持续，惶恐不安，一种怀春含情的感觉。余老五也真是有一种"母性"，虽然这两个字不管用在从前一腮帮子黑胡根子，还是现在一腮帮子白胡根子的余老五身上都似颇为滑稽。

蛋炕好了，放在一张一张木架上，那就是"床"。床上垫棉花，放上去，不多久，就"出"了，小鸡子一个一个啄破蛋壳，啾啾叫起来。听到这声音，老板心里就开了花，而余五眼皮一耷拉，已经沉沉睡去了，小鸡子在街上卖的时候，正是余五呼呼大睡的时候。——鸭子比较简单，连床也不用上，难的是鸡。

卖小鸡小鸭是很有意思的行业。小鸡跟真正的春天一起来，气候也暖了，花也开了。而小鸭子接着就带来了夏天。"春江水暖鸭先知"，说的岂是老鸭？然而老鸭多半养在家里，在江水中游泳的似不甚多。画春江水暖诗意画出黄毛小鸭来，是极自然的，然而事实上大概是错的。小鸡小鸭都放在一个竹编浅沿有盖大圆盒子里卖，挑了各处走，似乎没有吆唤的。一路走，一路啾啾地叫，好玩极了。小鸡小鸭皆极可爱，小鸡娇弱伶仃，小鸭常傻气固执。看它们窜跑跳跃，感到生命的欢欣。提在手里，那点微微挣抗搔骚，令人心中怦怦然动，胸口痒痒的。

余大房何以生意最好？因为有一个余老五，余老五是这一行的一个"状元"。余老五何以是状元？他炕出来的小鸡跟别人家的摆在一起，来买的人一定买余老五的鸡，他的小鸡特别大。刚刚出炕的小鸡，刚从蛋里出来的，照理是一样大小，不过是那么重一个，然而余五的鸡就能大些。上戥子称，上下差不多，而看上去他的小鸡要大一套！那就好看多了，当然有人买。怎么能大一套呢？他让小鸡的绒毛都出足了。鸡蛋下了炕，比如要几十个时辰，可以出炕了，别的师傅都不敢到那个最后限度，小鸡子出得了，就取出来上床，生怕火功水气错了一点，一炕蛋整个废了，还是稳点吧，没有胆量等。余五大概总比较多等一个半个时辰。那一个半个时辰是顶吃紧时候，半个多月功夫就在这一会儿现出交代，余五也疲倦到极限了，然而他比平常更觉醒、更敏锐。他那样子让我想起"火眼狻猊""金眼雕"之类绰号，完全变了一个人，眼睛陷下去，变了色，光彩近乎疯人狂人。脾气也大了，动辄激恼发威，简直碰他不得，专断极了，顽固极了。很奇怪的，他倒简直不走近火炕一步，半倚半靠在小床上抽烟，一句话也不说。木床棉絮准备得好好的，徒弟不放心，轻轻来问一句："起了吧？"摇摇头。"起了吧？"还是摇摇头，只管抽他的烟，这一会儿正是小鸡放绒毛的时候，忽而作然而起，"起！"徒弟们赶紧一窝蜂取出来，才放上床，小鸡就啾啾啾啾地纷纷出来了。余五自掌炕以来，从未误过一回事，同行中无不赞叹佩服，以为神乎其技。道理是简单的，可是人得不到他那种不移的信心。不是强作得来的，是天才，是学问，余五炕小鸭，亦类此出色。至于照蛋煨火等节目，是尤其余事了。

因此他才配提了紫砂壶到处闲聊，一事不管，人家说不是他吃老板，是老板吃着他，没有余老五，余大房就不成其为余大房了，没有余大房，余老五仍是一个余老五。什么时候他前脚跨出那个大门，后脚就有人替他把那把紫砂壶接过去了，每一家炕房随时都在等着他。从前每年都有人来跟他谈的，他都用种种方法回绝了，后来实在麻烦不过，他开玩笑似的说："对不起，老板坟地都给我看好了！"

父亲说，后来余大房当真托人在泰山庙，就在炕房旁边，给他谈过一小块地，买成没有买成，可不知道了，附近有一片短松林，我们从前老上那儿放风筝，蚕豆花开得紫多多的，斑鸠在叫。

照说，陆长庚是个更富故事性的人，他不像余五那么质实朴素。余五高高大大，方肩膀，方下巴，到处去，而陆长庚只能算是矮子里的高人，属于这一带所说"三料个子"一型，眉毛稍微有点倒，小小眼睛，不时眨动，眨动，嘴唇秀小微薄而柔软，透出机智灵巧，心窍极多，不过乍一看不大看得出来，不仅是他的装束，举止言词亦带着很重的农民气质，安分，卑怯，愿谨，虽然比一般农民要少一点惊惶，而绝望得似乎更深些。就是这点绝望掩盖而且涂改了他的轻盈便捷了。他不像余五那样有酒有饭，有保障有寄托，他受的折磨、伤害、压迫、饥饿都多，他脸小，可是纹路比余五杂驳，写出更多人性。他有太多没有说出来的俏皮笑话，太多没有浪费的风情，没有安慰没有吐气扬眉，没有——我看我说得太逗兴了，过了一点分！所以为此，只因为我有点气愤，气愤于他一定有太多故事没有让我知道。余五若是个为人所敬重的人，他应当是那一带茶坊酒座、瓜架豆棚的一个点缀，是一个为人所喜爱的角色，可是我父亲知道他那点事完全是偶然；他表演了那么一回，也是偶然！

母亲故世之后，父亲觉得很寂寞无聊。母亲葬在窑庄，窑庄我们有一块地，这块地一直没有收成，沙性很重，种稻种麦，都不适宜，那么一片地，每年只得两担荒草作租谷，于是父亲想辟成一个小小农场，试种棉花，种水果，种瓜。把庄房收回来，略事装修，他平日即住在那边，逢年过节，有什么事情才回来。他年轻时体格极强，耐得劳苦，凡事都躬亲执役，用的两个长工也很勤勉，农场成绩还不错。试种的水蜜桃虽然只开好看的花，结了桃子还不够送人的，棉花则颇有盈余，颜色丝头都好，可是因为好得超过标准，不合那一路厂家机子用，后来就不再种了。至今政府物产统计表上产棉项下还列有窑庄地方，其实老早已经一朵都没有了。不过父亲一直还怀念那个地方，怀念那一段日子，他那几年身体弄得很好，知道了许多事情，忘记了许多事情，从来没有那么快乐满足过。我由一个女用人带着，在舅舅家过，也有时到窑庄住几天，或是父亲带我去或是我自己来了，事前连通知都不通知他！

那天我去，父亲正在屋后园子里给一棵礜杏接枝。这不是接枝的时候，不过是没有事情做，接了玩玩。接枝实在是很好玩，两种不同的树木会连在一起生长，生长而又起变化，本来涩的会变甜了，本来纽子大的会有拳头大，多神奇不可思议的事！他不知接了多少，简直看见树他就想接！手续很简单，接完了用稻草一缠就可以了。不过虽是一根稻草，却束得妥帖坚牢，不会松散。削切枝条的，正是这把角柄小刀，用了这么些年了，还是刀刃若新发于硎。我来是请他回家过节，问他我们要不就在这里过节好不好。而一个长工来了：

"三爷，鸭都丢了！"

"怎样都丢了？"

这一带多河沟港汊，出细鱼细虾，是很适于养鸭的地方。这块地上老佃户倪二，父亲原说留他，可是他对种棉花不感兴趣，而且怎么样也不肯相信从来没有结过棉花的地方会出棉花，这块地向来只长荞麦、胡萝卜、绿豆、红毛草！他要退租，退租怎么维生，他要养鸭；鸭从来没有养过怎么行，他说从前帮过人，多少懂一点，没有本钱，没有本钱想跟三爷借，父亲觉得不能让他再种红毛草了，很对不起他，应当借给他钱。为了好玩，父亲也托他，买了一百只小鸭，贴他一点钱，由他代养。事发生手，他居然把一趟鸭养得不坏，父亲高兴，说：

"倪二，你不相信我种棉花，我也不相信你养鸭子，可是现在田里是什么，一朵一朵白的，那是什么？"

"是棉花。河里一只一只肥的，是鸭子！"

"事在人为。明年我们换换手，你还是接这块地种，现在你相信它能出棉花了。我明年也来养鸭！"

父亲是真有这样意思的，地土适于植棉，已经证实，父亲并没有打算一直在这里待下去，总得有人接过。后来田还是交给倪二了。可是因为管理不善，结出来的朵子越来越伶仃了。鸭，父亲可没有自己去养，他是劝劝倪二也还是放弃水面，回到泥土，总觉得那不大适合他，与他的脾气个性，甚至血统都不相宜，这好像有一种命定安排似的，他离不开生长红毛草的这一片地，现在要来改行已经太晚了。人究竟不像树木，可以随便接枝。即便树木，有些接枝也不能生长的。站在庄头场上，或早或晚，沉沉雾霭，淡淡金光中，可以看到倪二赶着一大阵鸭子经过荡口，父亲常常要摇头。

"还是不成，不'像'！他自己以为帮人喂过食，上过圈，一窝鸭子又养得肥壮，得意得了不得，仿佛是老行家了，可是样子总不大对。这些鸭子还没有很认得他，服他、依他，他跟鸭子不能那么完全是一家子似的。照理，都就要卖了，应当简直不用拘束，那根篙子轻易不大动了。我没有看见过赶鸭用这种神情赶鸭的！"

他把"神情"两个字说得很重，仿佛神情是个什么可以拿在手里挥舞的东西似的。倪二老实一点，可是我父亲对他不能欣赏他是也可以感觉到的，倪二不服，他有他的话：

"三爷，您看！"

他的意思是就要八月中秋，马上就可以赶到市上变钱，今年鸡鸭上好市面，到那个时候倪二再说他当初为什么要改业，看看倪二眼光如何，手段如何。父亲想气他一气，说：

"倪二，你知道你手里那根篙子有多重？人说篙子是四两拨千斤，是不是只有四两？"

这就非教倪二红脸不可了，伤了他的心，他那根篙子搦得实在不顶游刃得体，不够到家。不过父亲没有说，怕太损了他的尊严。

养鸭是很苦的事。种田也是很苦的事，但那是另外一种苦。问养鸭人顶苦是什么，很奇怪的，他们回答"是寂寞"。这简直不能相信了，似乎寂寞只是坐得太久谈得太多，抽烟喝茶度日的人才有的感情，"乡下人"会"寂寞"吗？也许寂寞是人的基本感情之一，怕寂寞是与生俱来的，襁褓中的孩子如果不是确知父母在留心着自己，他不肯一个人睡在一间屋子里。也可能这是穴居野处时对于不可知的一切来袭的恐惧心理的遗传，人总要知觉到自己不是孤身地面对整个自然。种地不是一个人的事情，车水、薅草、播种、插秧、打场、施肥，有歌声，有锣鼓，有打骂调笑，相慰相劳，热热闹闹，呼吸着人的气息。而养鸭是一种游离，一种放逐，一种流浪。一清早，天才露白，撑一个浅扁小船，才容一人起坐，叫作"鸭撒子"，手里一根竹篙，竹篙头上系一个稻草把子或破芭蕉蒲扇，用以指挥鸭子转弯入阵，也用以划水撑船，就冷冷清清地离了庄子，到一片茫茫的水里去了。一去一天，直到天压黑，才回来。下雨天穿蓑衣，太阳大戴笠子，凉了多带件衣裳，整个被人遗忘在这片水里。"连个说说话的人都没有。"这句话似极普通，可是你看看养鸭人的脸，听起来就有无比的悲愁。在那么空寥的地方，真是会引起一种原始的恐惧的，无助、无告，忍受着一种深入肌埋、抽搐着腹肉、教人想呕吐的绝望，"简直要哭出来"！单那份厌气就无法排遣，只有拼命吧嗒旱烟。牛羊，甚至猪，都与人切身相关，可以产生感情，要跟鸭子谈谈心实在是很困难。放鸭的如果不是特别有心性，会自己娱悦，能弄一点什么东西在手上做做、心里想想的，很容易变成孤僻怪物之冷漠而褊窄。父亲觉得倪二旱烟瘾越来越大，行动虽还没看出什么改变，可是有点什么东西正在深重起来，无以名之，只有借用又是只通用于另一阶级的名词：犬儒主义。

可是鸭子肥得倪二欢喜，他看完了好利钱，这支持着他。

前两天倪二说，要把鸭子赶去卖了，已经谈好了，行用，卡钱，水脚，全算上，连底三倍利。就要赶，问父亲那一百只鸭怎么说，是不是一起卖。父亲关照他留三十只，送送人，也养几只下蛋，他要看自己家里鸭子下两个双黄玩玩。昨天晚上想起来，要多留二十只，今天叫长工去荡里跟倪二说一声。

"鸭都丢了！"

倪二说要去卖鸭，父亲问他要不要人帮一帮，怕他一个人对付不了。鸭子运起来，不像鸡装了笼子，仍是一只小船，船上准备人的粮食，简单行李，鸭圈一大卷，人在船，鸭在水，一路迤迤逶逶地走。鸭子路上要吃，还是鱼虾水虫，到了那头才不瘦膘减分量，精神好看。指挥拨反全靠那根篙子。有人可以在大江里赶十天半月，晚上找个沙洲歇一歇，这不是外行冒充得来的。

"不要！"

怕父亲还要说什么，他偷偷准备准备，留下三十只，其余的一早赶过荡，过白莲湖，转到大湖里，到邻县城里去了。长工一到荡口，问人：

"倪二呢？"

"倪二在白莲湖里，你赶快去看看，叫三爷也去看看，——一趟鸭子全散了！"

白莲湖是一口小湖，离窑庄不远，出菱，出藕，藕肥白少渣滓，荷花倒是红的多。或散步，或乘船赶二五八集期，我们也常去的，湖边港汊甚多，密密地长着芦苇。新芦苇长得很高了。莲蓬已经采过，荷叶颜色发了黑，多半全破了，人过时常有翡翠鸟冲起掠过，翠绿的一闪，疾速如箭，切断人的思绪或低低地唱歌。

　　小船浮在岸边，竹篙横在船上，篙子头上的破蒲扇不知哪里去了。倪二呢？坐在一个石辘轳上，手里团着他的瓦块帽子，额头上破了一块皮，在一个人家晒场上，为几个人围着，他好像老了十年。他疲倦了，一清早到现在，现在是下半天了，他一定还没有吃过饭，跟这些鸭子奋斗了半日。他的饭在船上一个布口袋里，一袋子老锅巴。他坐着不动，看不出他心里什么滋味，不时头忽然抖一抖，好像受了震动。——他的脖子里的沟好深，一方格一方格的，颜色真红，烧焦了似的。那么坐着，脚恐怕要麻了，好傻相的脚！父亲叫他：

　　"倪二。"

　　"三爷！"

　　他像个孩子似的哭起来了。——怎么办呢？

　　"去找陆长庚，他有法子。"

　　"哎，除非陆长庚。"

　　"只有老陆，陆鸭。"

　　陆长庚在哪里？

　　"多半在桥头茶馆。"

　　桥头有个茶馆，为鲜货行客人、蛋行客人、陆陈行客人，区里、县里、党部里来的人谈话讲生意而设的，卖清茶，代卖烟纸、洋杂、针线、香烛、鸡蛋糕、麻酥饼、七厘散、紫金锭、菜种、草鞋、契纸、小绿颖毛笔、金不换黑墨、何通记纸牌。这一带闲散无事人常借茶馆聚赌玩钱。有时纸牌，最为文雅。有时麻雀，那副牌有一张红中丢了，配了牌九上一张杂七，这杂七于是成为桌上最关心的一张牌了。有时推牌九，下旁注的比坐下来拿牌的要多，在后头呼么喝六，帮别人呐喊助威的更多。船从桥边过，远远地就看到一堆兴奋忘形的人头人手，走过了一段，还听得到"七七八八——不要九！""磨一点，再磨一点，天地遇牯牛，越大越封侯！"呼声。常在后头看斜头胡的，有人指点过，那就是陆长庚，这一带放鸭的第一手，诨号陆鸭，说他自己简直就是一只老鸭。——瘦瘦小小，神情总是在发愁的样子。他已经多年不养鸭了，见到鸭就怕了，运气不好，老是瘟。

"不要你多，十五块洋钱。"

十五块钱在从前很是一个数目了。许多人都因为这个数目而回了回头，看看倪二，看看陆长庚，桌面上顶大的注子是一吊钱三三四，天之九吃三道。

说了半天，讲定了，十块钱。看一家地杠通吃，红了一庄，方去。

"把鸭圈全拿好，倪二你会赶鸭子进圈的？我吆上来，你就赶，鸭子在水里好弄，上了岸七零八落的不好捉。"

这十块钱太赚得不费力了！拈起那根篙子，撑到湖心，人仆在船上，把篙子平着在水上扑一气，嘴里喷喷咕咕不知叫点什么，嚇——都来了！鸭子四面八方，从芦苇缝里像来争什么东西似的，拼命地拍着翅膀，挺着脖子，一起奔到他那只小船的四围来。本来平静寥廓湖面，一时骤然热闹起来，全是鸭子，不知为什么，高兴极了，喜欢极了，放开喉咙大叫，不停地把头没在水里，翻来翻去。岸上人看到这情形，都忍不住大笑起来，连倪二都笑了，他笑得尤其舒服。差不多都齐了，篙子一抬，嘴里曼声唱着，鸭子马上又安静起来，文文雅雅，摆摆摇摇，向岸边游来，舒闲整齐有致。兵法用兵第一贵"和"，这个字用来形容那些鸭子真恰切极了。他唱的不知是什么，仿佛鸭子都很爱听，听得很入神似的，真怪！

"一共多少只？"

"三千多。"

"三千多少？"

"三千零四十二。"

他拣一个高处，四面一望。

"你数数，大概不差了。——嗨！你这里头怎么来了一只老鸭！是哪一家养的老鸭教你裹来了！"

倪二分辩，分辩也没有用，他一伸手捞住了。

"它屁股一撅，就知道。新鸭子拉稀屎，过了一年的，才硬。鸭肠子鸭头的那里有个小箍道，老鸭子就长老了。吃新鸭子，不喝酒，容易拉肚，就因为鸭肠子不老。裹了人家鸭自己还不知道，只知道多了一只！"

"我不要你多，只要两只。送不送由你。"

怎么小气，也没法不送他，他已经到鸭圈里提了两只，一手一只，拎了一拎。

"多重？"

他问人。

"你说多重？"

有人问他。

"六斤四，——这一只，多一两，六斤五。这一趟里顶壮的两只。"

不相信，哪里一两也分得出，就凭手拎一拎？

"不相信，不相信拿秤来称。称得不对，两只鸭算你的；对了，今天晚上你家里喝酒。"

称出来，一点都不错。

"拎都用不着拎，凭眼睛看，说得出这一趟鸭一个一个多重。"

不过先得大叫一声才看得出来。鸭身上有毛，毛蓬松着看不出来，得惊它一惊，一惊，鸭毛就紧了，贴在身上了，这就看得出哪一个肥哪一个瘦。

"晚上喝酒了，在茶馆里会。不让你费事，鸭先杀好。"

他刀也不用，一个指头往鸭子三岔骨处一捣，两只鸭挣扎都不挣扎就死了。

"杀的鸭子不好吃，鸭子要吃呛血的，肉才不老。"

什么事他都是轻描淡写，毫不大惊小怪。说话自然露出得意，可是得意之中还是有一种对于自己的嘲讽，仿佛这是并不稀奇的事，而且正因为有这点本领，他才种种不如别人。他日子过得很不如意，种一点地，种的是豆子。"懒媳妇种豆"，豆子是顶不要花工夫气力的。从前放过鸭，可是本钱都蚀光了。鸭子瘟起来不得了，只要看见一个鸭摇一摇头，就完了。还不像鸡，鸡瘟起来比较慢，灌点胡椒香油，还可以有点救。鸭，一个摇头，个个摇头，马上，都不动了。比在三岔骨上搠一指头还快。常常一趟鸭子放到荡里，回来时只有自己一个人了。看着死，毫无办法。陆长庚吃的鸭可太多了，他发誓，从此决不再养。

"倪老二，十块钱不白要你的，我给你送到。今天晚了，你把鸭圈起来过一夜，明天一早我来。三爷，十块钱赶一趟鸭，不算顶贵噢？"

他知道这十块钱将由谁来出。

当然，第二天大早他来时仍是一个陆长庚，一夜七戳五在手，输得光光的。

"没有！还剩一块！"

这两个人都老了，时候过起来真快。两个老人怎么会到这里来了呢？现在在做什么呢？父亲也不大清楚，我请父亲给我打听打听，可是一直还没有信来。——忽然想起来，那个分鸭子的年轻小伙子一定是两老人之一的儿子，而且是另一老人的女婿。我得写封信去问问。也顺便问问父亲房东家养在院子里的那只大公鸡不知怎么了。——这只公鸡，他们说它有神经病，我看大概不是神经病。一窝小鸡买进来时本来是十只，次第都已死去，只剩下这个长命。不过很怪，常常它会屈起一只脚来乱蹦乱跳一气，就像发了疯似的。可能是抽筋，不过鸡会抽筋吗？它左脚有点异样，脚趾全向里弯，有点内八字，而且最外一个好像短了一截，可能是小时教什么重东西压的。是这影响他生理上有时不大平衡吗？父亲说怕是受刺激太深，与它的同伴的死有关，那当然是开玩笑。

　　——哎哟，一年了，该没有被杀掉风起来吧？这两天正是风鸡的时候。